KB167603

좋은 내가 되어야 좋은 네가 온다

좋은 내가 되어야 좋은 네가 온다

초판 1쇄 인쇄일 | 2019년 5월 10일
초판 1쇄 발행일 | 2019년 5월 15일

지은이 | 강기만
펴낸이 | 박성면
펴낸곳 | 동아북스

출판등록 | 제406－2007－000071호
주소 | 경기도 파주시 문발로 115, 세종출판벤처타운 201-A호
전화 | (031)8071－5201
팩스 | (031)8071－5204
전자우편 | lion6370@hanmail.net

정가 | 13,000원
ISBN 979－11－6302－185－8 (03810)

ⓒ 강기만, 2019

※ 이 책은 동아북스와 저작자의 계약에 의해 출판된 것이므로, 무단 전재 및 유포, 공
유를 금합니다.

좋은 내가
되어야
좋은 네가
온다

강기만 지음

색소포니스트
강기만의
마음 연주

동아북스

#1

· 추천사는 가나다순으로 실었습니다.

· 색소포니스트saxophonist는 '색소폰을 전문적으로 연주하는 사람'
이라는 뜻으로, 규범 표기가 미확정인 외래어입니다.

· 이 책은 여러분께서 몸소 색소포니스트 강기만의 스토리텔링 연주회
에 참석한 것처럼 느낄 수 있도록 구성했습니다. 소박한 장치로 음악
용어를 사용한 것이 한 예입니다. 각 용어의 뜻은 다음과 같습니다.

> **프렐류드:** '전주곡'이란 뜻이며, 여기서는 프롤로그, 혹은 들어가는 말
> 이라는 표현을 대신합니다.
>
> **인테르메조:** '간주곡'이란 뜻으로, 본문을 시작하기 전에 저자가 선정한
> 곡들을 간략하게 소개합니다.
>
> **Op.:** '작품번호'인 'opus'의 줄임말로, 본서에서는 각 본문의 차례를
> 나타내는 데 쓰였습니다.
>
> **피날레:** '마지막 악장'이라는 뜻으로, 여기서는 에필로그 혹은 맺음말
> 이라는 표현을 대신합니다.

#2

⟨강기만의 인테르메조⟩에 소개된 곡들은 QR코드를 스캔하여 직접 감
상할 수 있습니다. 이 중에서 저자가 색소폰으로 연주한 곡은 다음과
같습니다.

He's a Pirate_영화 ⟨캐리비안의 해적⟩ OST

Mission Impossible_영화 ⟨미션 임파서블⟩ OST

Por Una Cabeza_영화 〈여인의 향기〉 OST

Via Dolorosa

Oh! Happy Day!_영화 〈시스터 액트2〉의 OST

Loving You

Yesterday

月亮代表我的心

Let It Go_영화 〈겨울왕국〉 OST

Let's Twist Again

〈강기만의 인테르메조〉에 소개된 곡 중 타인의 연주나 노래로 감상할
수 있는 곡은 다음과 같습니다.

Libiamo ne'lieti calici_카레라스, 도밍고, 파바로티

Wonderful Tonight_에릭 클랩튼

Danny Boy_실 오스틴

Autumn Leaves_쳇 베이커 & 폴 데스몬드

Billie's Bounce_찰리 파커

What a Wonderful World_루이 암스트롱

God Bless The Child_빌리 홀리데이

Heartbreak Hotel_엘비스 프레슬리

Georgia On My Mind_레이 찰스

I say a Little Prayer_아레사 프랭클린

그저 바라볼 수만 있어도_유익종

The Dream_데이비드 샌본

'마이웨이'를 기다리며

김성희

옥스퍼드 대학교 'Voices from Oxford' 대표

차 한잔 마시며 부담 없이 술술 읽을 수 있는 강기만 에세이를 넘기고 있자니 문득 그를 처음 만났을 때의 모습이 떠올랐다. 수수한 옷차림에 열정적으로 색소폰을 연주하던 맑고 순수한 그의 모습이 아직도 눈에 선하다.

어려운 환경에서 바르게 성장한 그의 감동적인 스토리와 관객을 매료시키는 압도적인 색소폰 연주에 이끌리어 나는 일면식도 없었던 그에게 영국 옥스퍼드 대학교에 와서 연주해줄 것을 요청했다. 그는 나의 요청에 응답하여 옥스퍼드 대학교 석학들을 비롯해 파티에 참석했던 많은 손님들에게 잊을 수 없는 감동의 시간을 선사했다. 그가 연주했던 곡 '마이웨이My Way'가 여전히 생생하게 귓전을 맴돈다.

안전지대comfort zone에 안주하지 말고 서울에 올 것을 조언했

기에 그의 빛나는 하루하루 일상을 보면서 깊은 안도의 숨을 쉬고 있다. 그는 힘겨운 상황에서도 미소를 잃지 않는 여유로움과 노련미를 지녔다. 색소폰을 연주할 때마다 그는 진실한 내면을 아름다운 선율로 표현한다. 그래서 더욱 매력적이다.

쉽게 읽히면서도 깊은 울림을 주는 이 책이 독자 여러분의 마음 한구석을 아름답게 장식하길 바란다.

색소폰 인생을 글로 엮다

심창섭
교수, (前)총신대학 신학대학원장 및 부총장

이 책은 유명한 색소폰 연주자의 이야기다. 그러나 글의 내용을 면밀히 살펴보면 색소폰 연주의 기술을 말하지 않는다. 색소폰 연주를 통해 자신의 모습이 다듬어지는 과정을 담은 글이다. 즉 강 교수가 색소폰 인생을 살면서 쌓아온 내면의 생각과 삶을 엮어낸 것이다.

글의 표현은 단순하고 간결하다. 그러나 내용은 순수하고, 깊고, 넓고, 따뜻하고, 그리고 감동적이다. 짧은 글이지만 풍부한 삶의 영양분이 담겨진 보약이다. 한 번만 읽어도 많은 영감과 교훈을 얻고 치유된다. 그 물결이 독자들의 마음속에 오래도록 잔잔한 파문을 남길 것이다.

손잡지 않고 살아남은 생명은 없다

안성기

영화배우

강기만 교수는 음악의 장르에 제한받지 않고 다양한 시도를 통해 음악의 깊이와 넓이가 얼마나 광대한지 알게 해주는 탁월한 색소폰 연주자입니다. 영화 OST를 세련되게 편곡하여 연주함으로써 친근하고 근사하게 다가가게 하는 독보적인 음악활동을 하고 있습니다. 특히 아시아나국제단편영화제AISFF 개막식에 초청되어 영상과 퍼포먼스가 어우러진 무대를 꾸며 영화 관계자들의 가슴을 뜨겁게 하는 감동을 주었습니다.

이 책은 탁월한 연주자가 되기까지 강 교수의 삶의 철학, 그리고 색소폰랜드 대표로서 지닌 고뇌와 성숙의 과정을 담은 것입니다. 그 진솔한 삶의 울림이 독자 여러분의 가슴 깊이 새겨지도록 말입니다. 색소폰과 연주에 대한 열정으로 감동을 만나게 해주며 조용히, 하지만 가치 있게 우리 모두가 마주하게 되는 삶의

자리에서, '손잡지 않고 살아남은 생명은 없듯이' 자신의 삶을
자신에게 물어보며 살아오고 있는 현세대 최고의 색소포니스트
강기만 교수의 이 책을 꼭 읽어보시길 추천합니다.

지금 상상하는 모습이 미래가 되려면

최병로

(前)육군사관학교장 (예)중장

강기만 님은 제가 대구에서 현역으로 있을 때 처음 만났고 이후 수도군단과 육사에서 장병 및 사관생도 위문 독주회를 통해 부대 사기 앙양에 큰 도움을 주신 분입니다. 그는 대한민국을 대표하는 최고의 색소폰 연주자로서 그의 연주에는 보기 드문 스토리텔링과 특유의 색깔, 그리고 넘볼 수 없는 매력으로 관중을 매료시키는 힘이 있습니다.

그런 그가 이번에 '자신을 보여주는 디테일한 명함이자 자기소개서'를 에세이 형식의 글로 썼습니다. 이 글은 저자가 언급한 것처럼 자신이 살아온 삶의 목표와 방향이 어디에 있고, 어떤 생각으로 어떻게 살아왔는지 솔직 담백하게 적은 자기 고백서라 할 수 있습니다.

저자는 그동안 유명 색소폰 연주자로서 경험한 다양한 삶의 모습 중에 사람과의 관계가 무엇보다도 소중하다는 것을 깨닫고 그 관계를 스물두 가지 키워드로 정리합니다. 이것들을 종합하여 핵심을 간추리면 '철저한 자기통제'와 '타인 존중'입니다.

글 내용이 솔직하고 거칠기도 하며 반복 강조되는 것들이 있습니다. 평소 제가 알고 있는 강기만 님의 솔직 담백하고 진정성 있는 모습을 가감 없이 보는 것 같아 정감이 가고 인간 강기만의 향기가 짙게 느껴집니다. 불혹을 넘긴 저자가 자기만의 인생 색깔을 지니고 그것에 대해 거침없이 보여주는 자기 확신의 표현들도 감동적입니다.

저자는 '지금의 모습이 과거에 내가 상상하고 바랐던 것이고, 미래는 지금의 내가 상상하고 바라는 모습일 것'이라고 이야기합니다. 모쪼록 저자가 꿈꾸는 것처럼 유명 색소폰 연주자로서뿐만 아니라 이 사회의 리더로서 많은 사람들에게 사랑과 용기를 심어주고, 세상을 아름답게 만드는 데 기여해주기를 기대합니다.

아울러 본 에세이의 발간을 진심으로 축하드리며, 이 책이 부디 많은 분들에게 전달되어 인간관계 회복과 사랑이 넘치는 삶을 일구어가는 데 일조하길 바라는 마음입니다.

삶의 애티튜드에 관하여

한용길

CBS 방송국 사장

색소포니스트 강기만 님이 한두 시간이면 읽을 분량의 에세이집을 냈습니다. 강기만 님은 제가 CBS 사장으로 부임하던 해인 2015년 CBS 크리스천 리더스 아카데미CLA에서 처음 만났습니다. CLA는 CBS가 문화예술계 등 사회 각 분야에서 중추적인 역할을 담당하고 있는 크리스천 리더들을 발굴해 더욱 힘 있고 영향력 있는 리더 그룹으로 성장·발전할 수 있도록 돕기 위해 개설한 과정으로 현재 4백여 명의 수료생들이 사회 곳곳에서 건강한 리더로서 자리매김하고 있습니다.

이후 강기만 님은 CBS가 개척한 일본 나가사키 순교 유적지 순례 여행에 동행해 선상에서 색소폰 연주를 통해 5백여 명의 순례자들에게 큰 감동을 선사하기도 했습니다.

강기만 에세이집 『좋은 내가 되어야 좋은 네가 온다』에는 색소폰 연주자로서 당연히 갖춰야 할 '훌륭한 연주력' 못지않게 '건강한 사고력'이 중요하다는 저자의 평소 지론이 오롯하게 담겨 있습니다. 그는 연주자가 지켜야 할 에티켓과 음악에 대한 인문학적 소양, 세련된 문화, 정신 자세가 어우러진 삶을 사는 것이 연주를 잘하는 비법이라고 강조합니다.

색소폰 연주자의 꿈을 꾸는 동호인들은 물론 악기 연주 애호가들에게는 색소포니스트 강기만의 긍정 에너지와 부드러운 기운이 이 책을 통해 포근하게 전달될 것으로 믿습니다. 훌륭한 연주와 멋진 삶을 지향하는 저자에게 다시 한 번 축하 인사를 하며, 이 에세이집의 일독을 추천합니다.

들뜬 마음으로, 다소 부끄럽게

'색소포니스트인 내가 색소폰과 관련 없는 책을 쓸 수 있을까?'

엉뚱한 상상이 현실이 되었습니다. 삶의 철학을 담은 이 어설픈 책이 제 팬들은 물론 독자 여러분에게 어떤 피드백을 받게 될지 몹시 궁금합니다. 물론 긍정적인 방향이었으면 좋겠습니다.

색소폰과 관련된 책을 네 권이나 출판했지만, 이번에는 글쓸 때의 느낌이 그때와 아주 달랐습니다. 음악인으로서, 색소폰 연주자로서 말할 수 있는 전문 분야만 다룬 내용이 아니기 때문일까요? 크고 작은 발자취를 따라 담담하게 걸으면서 내삶을 수놓았던 기억들을 소환하다 보니 울컥하는 순간도 있었고, 가슴이 뜨거워지는 순간도 있었고, 황홀한 순간도 있었습니다. 그러나 가장 많이 찾아온 것은 '감사함'입니다. 아무래도 제 생의 8할은 감사로 이루어진 모양입니다.

이 글은 색소포니스트로 살아온 저의 삶을 있는 그대로, 다소 부끄러운 마음으로 기록한 것입니다. 동시에 난생 처음 떠나는 배낭여행 전날 밤처럼 들뜬 마음으로 정리한 글이기도 합니다.

원고를 쓰면서 줄곧 이런 생각을 했습니다.

"이 책을 읽는 동안, 넉넉히 두 시간 정도, 독자 여러분이 강기만과 편하게 대화하면서 연주를 듣는 느낌을 갖게 되면 좋겠다! 연주자이자 인간 강기만의 삶의 방식과 가치관에 대해 조금이나마 이해할 수 있는 그런 시간이 되면 좋겠다!"

더불어 이 책이 소중한 분에게 선물해주고 싶은 그 무엇이 되길 바랍니다.

어떤 상황에서도 나를 믿어주고 언제나 내 편이 되어준 사랑하는 아내, 고맙습니다. 저를 바르게 길러주신 부모님, 감사합니다. 색소폰랜드 본부 국장님, 이사진 여러분, 지부장님과 임원 여러분, 그리고 회원분들께 감사드립니다.

평범한 삶을 기록한 이 책이 여러분에게 '나도 할 수 있다'는 용기의 단초가 되길, 그리고 누군가에게는 신선한 아이디어를 끌어올리는 한 바가지 마중물이 되길 소망합니다.

2019년 늦은 봄
강기만

차례

좋은 내가 되어야 좋은 네가 온다

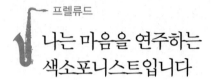

프렐류드

나는 마음을 연주하는
색소포니스트입니다

저는 색소폰 연주자입니다.

알 만한 분들은 다 아는

프로페셔널 연주자입니다.

오라는 데도 많고 부르는 사람도 많습니다.

그러나 저는 프로페셔널 연주자이기 전에

색소폰 마니아입니다.

오랜 시간 색소폰과 함께하며,

내 몸보다 색소폰을 더 사랑해온 사람이에요.

이것이 저의 첫 번째 정체성입니다.

그간 저는 "자서전을 써보라"는 제안을
여러 번 받았습니다.
연주 중 풀어놓는 인생 스토리가
제법 인상적이어서 그랬을 것입니다.
그런데 젊은 나이에 자서전을 출간한다는 건
생각처럼 간단하지 않았어요.
우선 자기검열에 떡 하니 걸렸습니다.
너무나 면구해서 "나이도 어린데요" 하면서
뺄 수밖에 없었지요.
자서전이란 무릇 '대단한 사람이 쓰는 것'이란 생각을
떨쳐버릴 수 없었던 것도 큰 이유입니다.
아직도 저는 '자서전=위인전'이라는 공식을
마음에 안고 사는 사람이거든요.

이런 까닭에 오가던 중
행여 '일이 벌어질까 봐' 극구 조심했습니다.
많은 분들이 감사한 제안들을 주셨지만
사양에 사양을 거듭할 수밖에 없었던 배경입니다.

그런데 문득,

나이 사십을 넘어서면서,

지금까지 어떻게 살아왔는지,

현재 어떤 마음으로 살고 있는지

기록해둘 필요가 있지 않을까, 고민하게 되었습니다.

자랑하고 싶어서가 아니라 정리하고 싶어서요.

나름대로 인생의 한 시즌을 마감하고

다음 시즌을 준비하는 마음으로 말입니다.

저는 꽤 오랫동안 다양한 매체에

일상을 기록해왔습니다.

그러나 SNS에 기록하는 글들은 매우 단편적이어서

늘 안타까웠어요.

글을 쓰는 본인이야 앞뒤 흐름에 맞추어,

또 맥락에 따라 글을 쓴다지만

랜덤으로 접속하는 팔로어들에겐

뜬금없는 소리처럼 읽히는 글들이 많을 테니까요.

이런저런 고민 끝에

'시간이 흘러도 나의 철학과 가치관을

한눈에 확인할 수 있는 책이 있으면 좋겠다'고

생각하게 되었습니다.

저는 SNS에 음악 관련 글을 쓸 때도

인문학적으로 접근하려 노력합니다.

유튜브에 색소폰 연주 실황도 올리지만,

연주하는 사람으로서 지켜야 할 에티켓이나

세련된 문화가 결합된 음악인 모임에 대한 이야기를

많이 전하기 위해 고심합니다.

또한 연주자의 마음과 정신의 중요성을

강조하곤 합니다.

연주자가 본인의 멋진 연주만큼 멋진 삶을

살지 못한다면

대중에게 끼치는 영향력은 반감될 테니까요.

건강하고 바른 사고방식이 결여된 연주는

결코 훌륭한 연주라고 할 수 없습니다.

음악을 하는 사람은 고가의 악기에 의해서가 아니라

연주 자체로 평가를 받아야 하니까요.

연주를 잘하는 방법 외에

연주자의 삶이 건강해야 한다느니,

연주자의 정신 자세가 올발라야 한다느니,

후대에게 색소폰을 연주하는 사람들의 좋은 문화를

유산으로 물려줘야 한다느니…
이렇게 '좀 엇나간' 이야기를 전하다 보니
사람들이 제가 하는 이야기를
특이하게 받아들이기 시작했습니다.

많은 분들이
"일반 연주자들과 다른 느낌이다",
"연주는 악기만 잘 다뤄서 되는 일이 아닌가 보다",
"악기 연주가 문화가 되는 길을 보여주었다" 등등
다양한 소감을 전해주셨어요.
나쁘지 않은 반응에 힘입어
저는 기어이 삶의 한 시즌을 정리하기로,
오래전부터 꿈꿔오던 작가의 길에 들어서기로
마음먹었습니다.

그러나 여전히 고민이 남았습니다.
아무리 생각해도 '자서전'은 부끄러웠거든요.
다른 방법이 없을까 고민하다가
절충안을 택했습니다.
나의 색소폰 인생에 대해

진솔하면서 따뜻하고,

담백하지만 애정 어린 시선을 놓지 않는

독특한 에세이를 쓰겠다고 결심한 겁니다.

그리고 '음악과 삶을 대하는 애티튜드'에 대한 이야기를

나의 경험과 연결하여 써내려갔습니다.

음악 에세이 작가로서 첫발을 내디딘 것입니다.

저의 두 번째 정체성을 찾아가는 여정은

이렇게 시작되었습니다.

저도 여러분처럼 책 읽기를 좋아합니다.

서점에도 자주 가는 편이에요.

그런데 이상하게도 볼륨이 큰 책은

잘 읽게 되지 않더라고요.

욕심껏 사와서

그냥 서재에 비치해두는 경우가 많았습니다.

잘 모르는 단어나 표현이 자꾸 나오는 책은

흥미가 급감되어

슬쩍 옆으로 미뤄두면서 '다음에 읽어야지' 하게 됩니다.

또 하나 부담스러운 유형은

지은이의 사생활이 너무 많이 노출된 책입니다.

존경하고 사랑하는 저자에게
적당한 신비감을 남겨두고 싶은데
그쪽에서 먼저 시시콜콜 모든 이야기를 다 해주면,
뭐랄까,
살짝 맥이 빠지는 느낌이라고 할까요?

그래서 저는 적당한 분량에,
적절한 수준의 사담私談이 섞인 이야기를,
누구나 한 번쯤 들어보았음 직한 경구들을 키워드 삼아,
이제껏 살아온 방식과
연주가로서의 철학을
기록하게 되었습니다.

모쪼록 저의 첫 에세이가
두 시간 안에 다 읽고 나서 소중한 분에게 전달되는
그런 책이 되었으면 좋겠습니다.
소중한 사람끼리 서로 선물하는 책이 된다면
저자로서 더 바랄 나위가 없을 것입니다.
색소포니스트 강기만과 함께 떠나는 마음 연주회,
이제 시작할까요?

He's a Pirate _영화 〈캐리비안의 해적〉 OST

존 윌리엄스John Towner Williams, 1932~, 엔니오 모리코네Ennio Morricone, 1928~와 더불어 영화음악의 3대 거장巨匠으로 불리는 한스 짐머Hans Zimmer, 1957~가 작곡한 명곡이다.

영화 〈캐리비안의 해적Pirates of the Caribbean〉은 전설적인 해적 '잭 스패로우'(조니 뎁)의 앙증맞으면서 익살스러운 행동과 함께 웅장하면서 박진감 넘치는 장면으로 대중의 마음을 사로잡았다.

영화의 OST 'He's a Pirate'는 내가 가장 좋아하는 연주곡이자 나의 콘서트에서 문을 여는 등장음악으로 자주 사용하는 곡이다. 전 세계 어디를 가도 이 곡은 관객들에게 가장 반응이 좋고, '강기만' 하면 '캐리비안의 해적'이 떠오를 만큼 관객에게 임팩트를 선사한 곡으로 기억에 남는다.

이 곡은 오케스트라 또는 색소폰 앙상블에서 주로 연주되었기에 솔리스트가 연주하면 차별화가 되겠다는 나름의 전략을 가지고 반주를 만들고 편곡해서 영화 관계자들 앞에서 선을 보였는데, 생각보다 반응이 아주 좋아서 다수의 영화제 개막식 또는 폐막식에서 영상과 함께 연주했다.

QR코드를 스캔하면 강기만의 연주로 〈He's a Pirate〉를 감상할 수 있습니다.

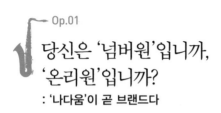

당신은 '넘버원'입니까,
'온리원'입니까?
: '나다움'이 곧 브랜드다

유니크unique

유일한, 하나밖에 없는, 독특한,

아주 특별한, 독자적인.

제가 가장 좋아하는 말입니다.

무대 위에 서는 일이 일상인 제게,

인상적인 퍼포먼스를 제공하는 것이 의무인 저에게,

어느 날

이 단어가 가슴에 박혔습니다.

나의 경쟁력은 무엇인지,

나를 나답게 만들어주는 특성은 어떤 것인지

끊임없이 고민하던 어느 순간,

이 말이 따갑게 내리꽂혔어요.

최고最高가 되는 것도 좋지만,

유니크unique하면 더 좋습니다.

이는 곧 브랜드가 된다는 뜻이니까요.

사실, 최고란 우열優劣을 가린 결과로서 상대적이지만,

유니크함은 '비교 불가'입니다.

무엇으로도 선뜻 그 가치를 환산할 수 없어요.

독특합니다.

그래서 '브랜드'가 됩니다.

저는 평소에 늘

'강기만다운 게 뭘까?' 고민했습니다.

결정과 결단이 요구되는 상황에 부딪힐 때마다

'강기만다운 해결 방식은 뭘까?'

고민했습니다.

동시에 나답게 행동하는 것이

어떠한 경쟁력을 선점할 수 있을지 생각했어요.

경쟁력을 갖춘다는 것은 곧
'온리원'이 된다는 뜻이고,
'온리원'이 되려면 유니크해야 합니다.
구태의연하지 않고, 신선하고,
아름답고, 울림이 있어야 해요.
남들이 나에게서 원하는 '어떤 모습'이 아닌
나 스스로 진심으로 원하는 모습,
평생토록 만들어가고 싶은 '그 모습'을
가지고 있어야 합니다.
저에게 '그 모습'이란 바로
'색소폰 연주자로서 온리원'입니다.

온리원 색소폰 연주자를 꿈꾸는 제가 고민했던
첫 번째 문제는
'연주의 난이도를 어떻게 조절할 것인가?'였습니다.

먼저, 색소폰과 거리가 먼 일반인들 앞에서 공연할 때는
의도적으로 쉽게 연주했습니다.
색소폰이 얼마나 매력적인 악기인지,
이것을 연주하는 게 얼마나 멋진 일인지 소개하는 데

만족했어요.

그러나 색소폰 동호인들이 모인 자리에서는

살짝 난이도를 높여 연주했습니다.

주로 로망을 자극하는 연주를 선보인 셈입니다.

또한 색소폰 연주자들이 모여 있거나

실력자들이 참가한 자리에서는

조금 더 테크니컬하게 연주했습니다.

그러나 기량을 뽐내되 어깨에 지나치게 힘을 주면서

어려운 곡을 연주하지는 않았습니다.

저는 어떤 무대에 서든

되도록 많은 사람이 좋아하는 나만의 연주 포인트,

즉 깔끔하고 세련되지만

대중적인 느낌을 고수하려 노력합니다.

무대 위에서 어려운 연주를 펼치는 순간

나의 개성이 없어질 테고,

실력과 기술을 증명하기 위해 색소폰을 드는 순간

듣기 편한 연주자라는 나의 경쟁력은

눈 녹듯 사라질 테니까요.

제가 고민한 두 번째 문제는
'나는 스타와 테크니션 중
어느 쪽에 더 어울리는 사람인가?'에 대한 답을
찾는 것이었어요.

수준 높은 음악, 기교가 요구되는 어려운 음악을 준비해서
연주하는 테크니션은 많습니다.
저도 그런 연주를 자주 해보았습니다.
그런데 웬일인지 그때마다
남을 따라 하는 것 같아서
연주가 즐겁지 않았습니다.
기교적인 곡을 연주하게 되는 경우
도리어 어색해지곤 했습니다.

테크니션에게 환호하는 그룹은 대개
전문가로 이루어져 있습니다.
프로페셔널 연주자이거나 음악평론가,
또는 아마추어로서 자타공인 실력이 뛰어난 사람들로
구성되지요.
흔히 프리미엄 리그를 중시하는 이들입니다.

하지만 저는 현란한 연주력을 구사하는 테크니션보다

대중에게 사랑을 받고 인정받는 연주자가

되고 싶었습니다.

친화력이 뛰어나다는 저의 장점을 고려했을 때에도

대중과 호흡하는 쪽이 훨씬 잘 어울렸지요.

그래서 스타가 되는 길을 걷기로 마음먹었습니다.

스타란

대중의 마음을 읽고, 대중의 감성에 반응하며,

대중의 눈높이에 맞춰

개성과 기량의 완급을 조절할 줄 아는 사람입니다.

적당한 테크닉을 구사하면서

너무 어렵지도 너무 쉽지도 않게,

세련되지만 마냥 가볍지 않게,

편안한 럭셔리함이 묻어나는 퍼포먼스를

즐기는 사람입니다.

음악으로 유명인이 되는 것보다

음악 자체를 즐기고 싶은 제게 잘 어울리는 길이었지요.

세 번째 고민은

'스타일을 가진 스타가 되려면 어떻게 할 것인가'에 대한
답을 찾는 것이었습니다.

여기서 정확한 답이 나와야만
다른 연주자들과 나를 차별화하는 데
성공할 수 있다고 판단했어요.
색소폰 연주자들의 공연을 빠짐없이 보면서
연주 스타일을 고민하던 중
아이디어가 하나 떠올랐습니다.
색소폰 연주에 댄스를 곁들이는 거였죠.
저는 곧장 실행에 옮겼습니다.
곡을 정해 3개월 이상 댄스팀과 연습했습니다.

공연 날,
무대에 올라 색소폰을 연주하면서
백댄서와 하나가 되어 댄스를 즐겼더니,
기대 이상의 반응이 터졌습니다.
물론 이 대단한 공연 뒤에는
1리터의 눈물이 숨어 있습니다.
색소폰을 연주하면 댄스가 안 되고,

댄스에 집중하면 연주가 안 되었던 날들이
어디 하루 이틀뿐이겠습니까?
연습하다 너무 지치고 힘들어서
현기증으로 쓰러진 적도 수차례였습니다.

하지만 결국 해냈습니다.
갖은 시행착오 끝에
콘서트 중 10분가량을
색소폰 연주와 댄스를 곁들인 명장면을 연출한 거예요.
그 10분은
콘서트의 하이라이트이자 반응이 가장 좋았던 순간이며,
다른 연주자들과 분명한 차별화가 이루어진
가장 '강기만다운' 시간이었습니다.

콘서트 후
"댄스와 함께하는 장면이 매우 인상적이었다",
"어설프게 뭔가 보여주고 시도하는 것보다
분위기와 잘 어우러져서 보기 좋았다",
"댄스와 연주가 동시에 가능하다니, 정말 놀라웠다"는
피드백을 받았습니다.

절반의 성공을 거둔 셈이라고 할까요?

마지막 고민은
'공연장과 친하지 않은 일반인들에게 나를 알리는 방법은
무엇일까?'에 대한 답 찾기였습니다.

흔한 말로
'선수끼리 알아보는 것' 혹은 '그들만의 리그'를 벗어나
대중에게 보다 널리 나의 연주를 소개하려면
어떻게 해야 할까,
영화관엔 매주 가면서도
연극 공연이나 음악회를 가는 데에는 인색한 대중에게
다가가려면 어떡해야 하나?

궁리하던 중 기업의 지원을 받아
색소폰 연주를 녹음하는 기회를 얻었습니다.
작업은 그리 어렵지 않았어요.
녹음용 콘텐츠를 다수 확보하고 있었으니까요.
저는 다른 아이디어에 집중했습니다.
회사 대표에게 색소폰 방송 제작을 제안한 거예요.

이렇게 하여 결실을 맺은 것이 〈더 색소폰 스토리〉이고,
저는 방송을 론칭한 뒤 직접 MC를 맡았습니다.

연주자라면 누구나 녹음을 합니다.
콘텐츠와 비용만 있으면 가능한 일이니까요.
하지만 음악방송 진행은 아무나 할 수 없어요.
음악방송 MC는
불특정 다수를 향해 동시간대에 말을 건넬 수 있는
굉장한 힘을 지닌 터라
기회가 잘 오지 않습니다.
전문가의 영역이기 때문입니다.

저는 그동안 몇몇 방송에서
한 코너를 맡아 진행해본 경험이 있습니다.
MBC라디오 〈별이 빛나는 밤에〉에서는
'강기만의 지금 만나러 갑니다'를,
〈정오의 희망곡〉에서는
'강기만의 음악스케치'를,
CTS라디오 〈JOY〉에서는
'강기만의 색소폰 스토리'를 진행했습니다.

저는 그 경험을 살려서

〈더 색소폰 스토리〉의 MC 역할을

비교적 자연스럽게 해낼 수 있었지요.

연주를 녹음해서 얻는 경제적 이익이

MC보다 큰 건 사실이에요.

그러나 제 소망은

'온리원 색소폰 연주자'가 되는 것입니다.

'강기만'이라는 브랜드를 구축하는 일입니다.

그러니

훨씬 더 포괄적으로 대중과 만나고 소통할 수 있는

MC의 길을 택한 것은 당연한 결과지요.

게다가 음악방송을 하면

훌륭한 연주자들을 초대해 마음껏 이야기를 나눌 수 있으니

그야말로 일거양득 아니겠습니까?

요즘도 저는

MC 역할을 더 매끄럽게 해내기 위해

TV를 보면서 연습하고,

예능 프로그램을 보면서 멘트 연습을 합니다.

드라마와 사극을 보면서 대사를 따라 하고요.

그럴 때마다 아내가 애정 어린 타박을 합니다.

"그만해, 또 시작이다!"

이는 어쩌면

제가 오늘도 나만의 브랜드를 구축하기 위해

노력하고 있다는 것을 반증하는

효과음인지도 모릅니다.

존재하지 않는 것을 만들어내고, 미지의 분야를 개척할 때
우리의 마음은 건강한 열망으로 충만해집니다.

Mission Impossible _영화 〈미션 임파서블〉 OST

작곡가이자 지휘자인 랄로 시프린Lalo Schifrin, 1932~의 곡이다. 시프린은 아르헨티나의 피아니스트이자 작곡가 겸 지휘자로서 활동하며 수많은 TV음악 및 영화음악을 작곡하여 그래미상을 네 번이나 수상했으며, 오스카상 후보에도 여섯 번 올랐다.

이 영화는 원조 훈남 배우 톰 크루즈의 대표작이기도 하다. 개인적으로 〈미션 임파서블Mission Impossible〉을 좋아해서 새로운 시리즈가 개봉되면 빠지지 않고 챙겨 본다. 영화를 보면서 늘 주제곡을 색소폰으로 연주해보고 싶었다.

쉴 틈 없이 전개되는 시나리오의 느낌을 색소폰으로 어떻게 표현해야 할지 고민했는데, 이후 곡을 연주할 때마다 내가 마치 영화의 한 장면 속에 들어가 있는 듯한 느낌을 받곤 했다.

이 곡의 뒷부분은 영화 〈대부God Father〉의 OST인 'Speak Softly Love'를 첨가하여 편곡한 것이다. 그래서 〈미션 임파서블〉 주제곡을 연주하다가 〈대부〉의 OST를 연주하면 관객들이 함성을 지른다. 공연장의 색다른 매력을 느낄 수 있는 곡이다.

QR코드를 스캔하면 강기만의 연주로〈Mission Impossible〉을 감상할 수 있습니다.

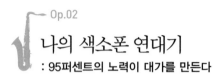

나의 색소폰 연대기
: 95퍼센트의 노력이 대가를 만든다

"저는 반전남反轉男입니다."

색소폰을 연주하면서 종종 하는 말입니다.

"외모도 그렇고,

젊은 나이에 연주력을 인정받아

외국에서 교수까지 하고 있다니,

천생 예술인인가 보다 하실 겁니다.

그런데요, 저 직업군인 출신이에요.

원래 꿈은 목회자였습니다."

이렇게 말씀을 드리면

다들 눈이 동그래집니다.

저는 서른 살에 처음 색소폰을 시작했습니다.

춘천에서 중대장으로 복무하던 시절,

부대 근처에 있는 색소폰 학원의 문을 두드렸던 것이

이 모든 일의 발단인데요.

'좀 배워서 부대원들이 피곤해할 때 연주나 들려주자'는

마음으로 시작한 일이

인생 직업이 되었습니다.

제대 후 저는 만학도로서 예술대학에 진학했습니다.

애초 계획대로라면 신학대학교에 가서

목회자의 길을 준비해야 했지만

이상하게도 마음이 자꾸

'색소폰 연주자의 길을 가면 어때?' 하고 부추겼거든요.

따뜻한 봄밤,

밤하늘을 배경으로 떨어지는 벚꽃처럼,

학원에서 배웠던 다양한 연주곡의 음표들이

머릿속을 가득 채운 채 떠날 줄을 몰랐습니다.

저는 마침내 마음의 소리를 따르기로 결심했습니다.

장교로 복무했던 경험은

예술대학에서 음악을 공부하고 훗날 연주 활동을 하는 데

큰 도움이 되었습니다.

저는 원래, 군에 가기 전에는,

결단력이 부족한 데다 논리적이지 못했던,

그저 감성만 충만한 사람이었어요.

이 같은 성향은 군대에서 리더로 생활하는 동안

알게 모르게 걸림돌로 작용했습니다.

부대원들을 책임지는 리더로서

수많은 결단의 순간 앞에서 곧잘 우물쭈물했고,

대의명분보다

소외된 후배들의 기운 없는 얼굴을

더 자주 떠올리곤 했으니까요.

덕분에 시행착오도 많이 겪었습니다.

하지만 참모 경험을 통해 행정능력을 구비하게 되었고,

군에서 쌓은 행정력을 기반으로

예술대학 졸업 후 얼마 되지 않아

색소폰 책을 출판하게 되었습니다.

행정을 배우지 않았다면 아마도 글을 쓰겠다고

덤벼들지 못했을 것입니다.

당시 우리나라에는 색소폰 관련 도서가

악보집 형태로만 나와 있었어요.

초보자나 독학자들은 궁금한 게 있어도

도움을 받을 수 없는 형편이었습니다.

요즘처럼 온라인 문화가 활성화된 시절도 아니어서

뭔가 물으려면 반드시 스승이나 학원을 찾아가야 했지요.

저는 '친절한 해설'이 가미된 책이 필요하다고

생각했습니다.

"선생님, 왜 연주할 때 침이 나오죠?"라는 물음에

"색소폰을 연주하다 보면 침이 좀 흘러요.

당황하지 마세요. 침이 마르면 연주가 오히려 힘듭니다"

하고 대답하는 그런 책 말입니다.

이런 식으로 상황별 궁금증을 정리하여

문답식 해설서를 출판했더니

예상 외로 반응이 뜨거웠습니다.

그 책이 바로

『강기만과 함께하는 색소폰 여행』(세광출판사)입니다.

책이 나온 후 몇 년이 지나자

서점에 제가 쓴 것과 유사한 종류의 해설서들이
대거 깔렸습니다.
만일 그런 해설집이 먼저 나와 있었다면
저는 결코 그 책을 집필하지 않았을 거예요.
존재하지 않는 것을 만들어내고,
미지의 분야를 개척할 마음은 있지만,
무엇인가를 혹은 누군가를 답습踏襲할 생각은
추호도 없기 때문입니다.

곡을 듣고 나만의 방식으로 이해하고 해석하여
색다르게 연주하는 것도,
색소폰 해설집을 출판한 것도
모두 '처음' 하는 일이었지만
겁은 나지 않았습니다.
누군가에게 아이디어를 주고 있다는 생각에
도리어 가슴이 부풀었습니다.

물론 처음에 책을 낸다고 했을 때
주변 사람들은 극구 만류했습니다.
"넌 색소폰 시작한 지 얼마 안 되었잖아?

누가 새내기 글을 받아주겠니?",

"인지도도 없는데 어떤 출판사가 책을 내주겠냐?"고요.

오기가 생겼습니다.

그래서 음악출판사 중 가장 인지도 높은 곳이 어디인지

수소문했어요.

다들 '세광출판사'라고 하더군요.

인맥도 없었고,

누구 한 사람 집필에 도움을 주지 않았지만

저는 밤낮 글쓰기에 매달렸습니다.

그리고 정확히 3개월 만에 원고를 완성한 후,

출판될 책의 표지까지 디자인하여

출판사에 도전장을 내밀었습니다.

인지도가 없었기에 아예 기회조차 오지 않을까 봐

'원샷 원킬'의 심정으로 완성된 모양의 책을 보낸 거죠.

며칠 후 출판사에서 연락이 왔습니다.

그러고 나서는 모든 일이 일사천리로 진행되었습니다.

디자인 수정을 하고,

저작권을 해결하고,

문제가 될 만한 몇몇 내용을 수정한 다음

드디어 첫 책이 세상에 빛을 보았습니다.

전인미답前人未踏의 책이었어요.

무려, '설명이 들어간' 색소폰 해설집이었으니까요!

색소폰을 시작한 지 7년쯤 되었을 때입니다.

이번에는 뜻밖의 제안이 들어왔습니다.

색소폰 브랜드의 모델이 되어 달라는 거였어요.

그리고 '강기만 SIGNATURE 색소폰'이 출시되었습니다.

당시 우리나라에는 연주자의 이름을 딴 색소폰이

존재하지 않았습니다.

물론 외국에는 '케니 지Kenny G 색소폰'이 있었어요.

기대 반 우려 반 이름을 걸고 색소폰을 론칭했는데,

다행스럽게도 반응이 좋았습니다.

그 뒤로 우리나라에도 연주자의 이름을 브랜드로 한

'시그니처 색소폰'이 많이 출시되었습니다.

지금은 오히려 '너무 흔해서'

시그니처 시장이 가치를 잃었을 정도입니다.

이 사례 역시 외국의 경우를 모델 삼아

우리나라 시장을 개척한 예입니다.

한 가지 덧붙이자면,

2016년에는 제 이름을 새긴 와인이 출시되었답니다.

이른바 'KGM WINE Limited Edition 919'였어요.

빛나는 아이디어는 누구에게나 있습니다.

그러나 모든 아이디어가 현실이 되는 건 아니에요.

한 번쯤 생각해봤을 일에 발을 달고,

팔을 붙이고,

숨을 불어넣을 때

우리의 아이디어는 비로소 현실이 됩니다.

색소폰 연주에 대한 아이디어도 마찬가지입니다.

저는 연주 기술을 갈고닦는 만큼

연주 레퍼토리에 대한 고민도 많이 합니다.

공연하면서 절감切感한 점이 있기 때문입니다.

바로 퍼포먼스의 질은 디테일에 좌우된다는 것인데요.

연주자의 실력은 낭연히 중요합니다.

이것은 음악인으로서 갖춰야 할

기본 중의 기본 자질이에요.

그러나 공연의 의도나 목적,

관객의 분위기에 맞는 레퍼토리를 선정하는 것 역시
중요합니다.
이것을 간과하면 안 됩니다.

뿐만 아닙니다.
레퍼토리 선정은 물론
연주와 연주 사이의 공간을 이어주는 멘트 연출과
그 수준을 정하는 것 역시 실력입니다.
연주자가 입장하여 무대에 올라가는 순간부터
그의 눈빛, 숨소리, 걸음걸이, 손짓 등등
모든 것이 공연의 일부가 되기 때문입니다.

대부분의 연주자들은
자신의 색소폰 소리와 연주 능력, 현란한 플레이를
한 자리에서 모두 보여주고 싶어 합니다.
저는 조금 다르게 하고 싶었습니다.

연주는 물론 무대 매너가 좋고,
연주 중간 중간 등장하는 액션도 멋지고,
인사말 하나조차 연주처럼 멋있어야 한다고

생각했습니다.

아무나 흉내 낼 수 없는 난해한 테크닉을 보여주기보다

듣기 좋은 수준의 연주에

나만의 스토리텔링과 독특한 영상을 가미하자고

마음먹었습니다.

분명 볼거리 많은 공연이 될 거고,

나만의 브랜드를 만드는 데도

이보다 멋진 전략은 없을 듯싶었습니다.

연습할 때마다 적절한 스토리를 만들었고,

관객들이 영상도 함께 즐길 수 있도록

영상 자료를 만들었습니다.

가급적 관객들의 오감을 만족시킬 수 있는 공연이 되도록

노력했습니다.

덕분에 저는 무대에 오랜 시간 서 있어야 할 때에도

별로 부담을 느끼지 못했습니다.

스토리텔링과 함께 오히려 더 많은 흥미 요소를

끌어낼 수 있게 되었으니까요.

특히 기억에 남는 공연은

2015년에 했던

호주 전국 투어(시드니, 브리즈번, 골드코스트, 멜버른)와

2016년(10월 18일)의 시드니 오페라하우스 공연입니다.

호주 전국 투어 때는

영상이 가미된 스토리텔링 연주를 선보여 인기를 끌었고,

오페라하우스에서 개최한 단독 콘서트 때는

볼거리 풍성한 무대를 준비하여

관객들이 계단까지 앉았을 정도로 대 성공을 거두었지요.

오페라하우스 공연은

제 음악 인생에서 가장 멋진 순간이었습니다.

호주에서 연주 투어를 할 때였어요.

관광객으로서 시드니 오페라하우스를 방문했는데

딱 보는 순간

사진을 찍기보다 무대에 서고 싶더군요.

대관이나 공연은커녕 내부 관람도 쉽지 않다는 이야기가

제 열정을 자극했습니다.

엄두가 나지 않을 만큼 대관료가 비싸다는 것,

대관심의 자체가 엄청나게 까다로워

신청자 대부분이 떨어진다는 정보에

도리어 가슴이 두근거렸습니다.

'오페라하우스에서 연주하면 진짜 대박이겠구나!'

그런데 문득 혼자서 무대에 서는 것보다
아마추어 연주자들과 함께 서면 좋겠다는
엉뚱한 생각이 들었습니다.

저는 곧 아이디어를 실행에 옮겼습니다.
당시의 호주 기독교 대학(캔버라 소재) 학장님께
도움을 요청하여
오페라하우스에서 연주할 기회를 얻은 다음
곧바로 색소폰을 하는 아마추어 연주자 22명을
모집했습니다.
이렇게 모여 준비한 곡이 〈아리랑〉입니다.

오페라하우스에서 단독 콘서트를 연
한국인 색소폰 연주사는 제가 처음입니다.
프로페셔널들만 서는 큰 무대에서
아마추어들과 호흡을 맞춘 것도 제가 처음이었고요.

나중에 들은 이야기지만,
그날 무대에서 〈아리랑〉을 연주했던
아마추어 색소포니스트들 모두가
하나같은 마음으로 울었다고 합니다.
웬만큼 유명한 연주자라 해도 쉽사리 올라설 수 없는
오페라하우스 무대에 섰다는 경험이
아마도 가슴 벅차게 다가왔나 봐요.

저는 오페라하우스에서 연주했다는 사실보다
음악을 사랑하는 누군가에게
평생 기억에 남을 특별한 경험을 선물했다는 사실에
더욱더 기분이 좋았습니다.

제게 연주를 처음 부탁하는 분들은 대개
"색소폰만 연주하면 지루하지 않을까요?"라고 묻습니다.
반면 두 번 세 번 의뢰하는 분들은
"주어진 시간이 얼마큼이니 알아서 하라"면서
모든 것을 믿고 맡깁니다.
제가 무대 경험이 많다는 것,
강기만의 공연은 절대 지루하지 않다는 것을

잘 아는 분들이지요.

이제 저는,

연주 시간이 아무리 길어도

지루하지 않게 공연하는 연주자로 각인되었습니다.

경쟁력이 생긴 거예요.

물론 색소폰을 멋지게 연주하는 사람은 많습니다.

나이가 들어갈수록, 세월이 흐를수록

저보다 연주를 잘하는 사람은 점점 더 많아질 겁니다.

그러나 저는 걱정하지 않습니다.

그때도 여전히 저의 팬이 압도적으로 많을 테니까요.

왜냐고요?

저에겐 분명한 색깔이 있기 때문입니다.

저는 색소폰으로

저의 이야기와 관객의 마음을 함께 연주하는

유일한 색소포니스트니까요!

해당 분야의 전문가가 되고, 따뜻한 성품으로 보편적 인간성에 대한 존경과 존엄을 잃지 않는 것.
이것이 바로 명품 인간의 조건입니다.

Por Una Cabeza _영화 〈여인의 향기〉 OST

'Por una Cabeza'는 '머리 하나 차이로'라는 뜻인데, 주로 경마에 쓰이는 용어다. 그러나 가사 내용은 경마에 대한 것이 아니다. 사랑의 밀고 당김에 관한 미묘한 감정, 그리고 사랑에 실패한 후에도 다시 사랑할 수밖에 없는 심정을 경마에 빗대어 노래한다.

이 곡의 작곡자인 카를로스 가르델Carlos Gardel, 1890~1935은 탱고에 큰 영향을 끼친 프랑스 태생의 아르헨티나 사람이다. 그는 특히 분야를 넘나든 활동으로 유명하다. 가수, 탱고 음악가, 작사가, 작곡가, 바리톤 성악가, 기타 연주자, 피아노 연주자, 연극배우, 뮤지컬배우, 영화배우 등을 섭렵했다. 이 곡은 1992년 영화배우 알 파치노가 맹인 퇴역 장교로 열연한 영화 〈여인의 향기Scent of a Woman〉에 나오는 그 유명한 탱고 장면에 사용되어 더욱더 유명해졌다.

나는 탱고를 좋아한다. 음악을 전문적으로 배우지 않았던 시절부터 탱고의 매력에 빠져들었고, 연주자가 된 후 3집 음반에 이 곡을 리메이크해서 수록했다. 편곡하는 과정에서 탱고의 대표적인 곡 '라쿰파르시타La Cumparsita'를 중간에 삽입하여 자칫 단조로울 수 있는 곡에 변화를 주었다. 댄서들과 함께 무대에서 연주하면 오감을 만족시킬 수 있는 무대를 연출할 수 있는 멋진 곡이다.

QR코드를 스캔하면 강기만의 연주로 영화 〈Por Una Cabeza〉를 감상할 수 있습니다.

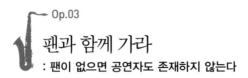

팬과 함께 가라

: 팬이 없으면 공연자도 존재하지 않는다

대부분의 색소폰 연주자들은

색소폰 연주 음악을 자주 듣습니다.

더 잘하는 사람의 연주를 들으면서 배우기 위해서,

혹은 그저 너무 너무 좋아서 습관처럼 듣기도 합니다.

그런데 저는 색소폰 음악을 거의 듣지 않아요.

색소폰 연주 외의 음악을 더 즐겨 듣습니다.

재즈를 전공했지만

재즈보다는 클래식 음악 감상을 더 좋아하고,

연주 음악보다는 가수가 노래하는 음악을 더 즐깁니다.

또한 연주를 들을 때는

색소폰 음악보다 피아노 경음악이나 바이올린, 혹은

첼로 연주를 주로 듣습니다.

색소폰을 공부하면서는 케니 지를 포함하여

수많은 색소폰 연주자들의 곡을 열심히 듣고 카피했지만,

요즘은 노래가 더 좋습니다.

저는 특히 미국의 알앤비R&B 가수

루서 밴드로스Luther Vandross, 1951~2005와

이탈리아 출신의 팝페라 가수

안드레아 보첼리Andrea Bocelli, 1958~ 를 좋아합니다.

어디서나 당당하게 '그들의 팬'이라 자랑합니다.

루서 밴드로스는

싱어송라이터이자 알앤비의 제왕이라 불리는데

애석하게도 한국에서는 그다지 큰 인기를 끌지 못했어요.

언젠가 한 번 가수 박효신이 그를 언급하면서

그나마 대중의 관심 가운데 서게 되었습니다.

한 번이라도 노래를 들어본 사람이라면

곧장 반할 수밖에 없는 멋진 음색의 가수인데 말이죠.

제가 사랑하는 또 한 명의 가수 안드레아 보첼리는

설명이 필요 없는 사람입니다.

어려서부터 선천적인 녹내장을 앓다가 시력을 잃었지만

그의 서정적인 목소리는

세기의 테너 루치아노 파바로티Luciano Pavarotti, 1935~2007를

비롯해

전 세계 음악 애호가들의 마음을 사로잡았습니다.

아무리 음악에 문외한이라 해도

그가 사라 브라이트만과 함께 부른

〈Time to Say Goodbye〉를 모르는 사람은 없을 겁니다.

누군가에게 애정과 관심을 쏟고,

그의 일거수일투족을 주시하며,

그에 대한 새로운 소식을 기다리는 일은 즐겁습니다.

가슴 뛰는 일이에요.

사랑에 빠졌을 때의 느낌과 아주 비슷합니다.

그 누군가가 음악인이라면

그의 연주나 노래를 빠짐없이 찾아 듣게 되고,

그 누군가가 연기자라면

그가 출연한 모든 작품을 일일이 찾아보게 됩니다.

밤을 새워도 피곤함을 느끼지 못합니다.
바로 '팬심'입니다.

누군가의 팬으로 살던 제게도 언제부터인가
'나만의 팬'이 생겼습니다.
정말 고마운 분들이에요.
저는 그들 덕분에 힘을 얻고, 새로운 것을 개발하고,
더 좋은 곡을 찾아서 공연하고자 노력합니다.

팬들은 말하자면,
제게 사랑과 동시에 자극을 주는 존재입니다.
그래서 늘 팬과 소통하고, 팬의 마음을 이해하면서
그들과 더불어 성장하고자 하지요.
이런 마음은 연주자에게 중요한 덕목이라고 생각합니다.
상상해보세요.
팬이 없다면 무대가 얼마나 썰렁할까요?
들어주는 이 하나 없는데 연주를 해야 하는 상황이라면
얼마나 외롭고 고독할까요?

저는 SNS를 팬과 소통하기 위한 도구로서

매우 중요하게 생각합니다.

그래서 관련된 것들을 공부한 뒤

'카카오'에 둥지를 틀었습니다.

스토리채널을 열자 1만 명이 모였습니다.

대단한 권력을 손에 쥔 느낌이었어요.

중세 영주의 아름답고 위풍당당한 성城이 이만 했을까요?

자신감을 얻은 저는 네이버 밴드에

글로벌 커뮤니티인 '색소폰랜드Saxophone Land'를 구축했어요.

밴드는 누구나 무료로 쉽게 만들 수 있는 플랫폼입니다.

그러나 색소폰과 관련하여 활성화된 밴드는

그때까지 단 하나도 없었습니다.

2015년 9월 19일에 론칭한 색소폰랜드는

빠른 성장을 통해

그야말로 색소폰 밴드의 시대를 열게 되었습니다.

지금은 색소폰 관련 업체 대부분이 밴드를 운영하고,

연주자들 절대 다수도 자신만의 밴드를 운영합니다.

안타까운 일이지만,

색소폰랜드 시스템을 따라 한 곳도 많고,

심지어 우리가 사용하는 용어를 똑같이 쓰는 밴드도
적지 않습니다.
그러나 이런 풍조를 탓할 마음은 없습니다.
언제나 그래왔듯이,
저는 미개척지에 가장 먼저 발을 들여놓은 사람이고,
그 사실로 충분히 만족하니까요.

색소폰랜드는 우리나라 음악계를 통틀어
커뮤니티가 조직화된 유일한 사례로 꼽힙니다.
음악과 관련된 사업을 하는 기업으로부터 종종
"앞으로도 이런 조직이 나오기는 힘들 것 같다"는
이야기를 들을 정도입니다.
색소폰랜드는 국내에 70개 지부를 가지고 있고,
중국 · 미국 · 호주 · 인도네시아 등 해외에서도
활발하게 운영 중입니다.
어느새 5백 명의 임원과 80개의 프랜차이즈를
운영하는 단체로 성장했을 만큼 말입니다.

색소폰랜드가 만들어지고 사람이 모여들자
이를 통해 경제적 이익을 창출하는 사람들도 많아졌어요.

/ 팬과 함께 가라

색소폰 산업 발달에 조금이나마 기여한 듯하여
뿌듯합니다.
그러나 한편으로는 색소폰 문화를 선도하는 입장이라
늘 조심스럽습니다.
그래서 더욱더 겸손하게 행동하려 노력합니다.
'공든 탑도 하루아침에 무너질 수 있다'는 사실을
잘 알기 때문입니다.

물론 색소폰랜드에도 문제점은 있습니다.
너무 많은 사람이 한꺼번에 몰리는 바람에
각종 사건이 발생하기도 합니다.
저는 문제를 해결할 때 주로
5백 명 임원 중 80퍼센트가 찬성하면
의사결정이 되었다고 보아 일을 진행합니다.
하지만 이렇게 민주적으로 결정해도
언제나 미진한 구석이 남는답니다.
나머지 20퍼센트의 마음도 달래야 하고요.
다만 1백 퍼센트 찬성으로 진행되는 일이란 없기에
어떤 결정을 내리든지
왕관의 무게를 견뎌야 한다고 생각할 따름입니다.

훌륭한 선장은 거친 파도와 더불어 성장합니다.

잔잔한 바다에서는 결코 얻을 수 없는 지혜를 얻지요.

색소폰랜드도 마찬가지예요.

나만의 방식으로 정면승부하며 나갈 때 도와주셨던

훌륭한 참모분들 덕분에

어려움 속에서도 견고한 시스템을 구축할 수 있었고,

마침내 우리가 하는 일이 문화가 될 정도로

강력한 파급력을 가지게 되었습니다.

개성 강한 사람들의 공동체를 이끌어가는 것은

결코 쉬운 일이 아닙니다.

정말 쉽지 않아요.

하지만 흥미롭고 박진감 넘치는 일이기도 합니다.

결코 짝을 찾지 못할 것처럼 보이는

수백 개의 퍼즐 조각을 꿰어 맞추어

멋진 그림을 완성하는 것처럼

색소폰랜드 역시 우여곡절 끝에

개성 있는 공동체로 자리 잡게 되었습니다.

이 점이 너무도 자랑스럽습니다.

연주자는 팬을 원합니다.

단 한 사람을 위해 움직여주는 조직적인 단체를 원해요.

몇 해 전부터 이슈가 된

아이돌그룹 '방탄소년단'의 '아미'를 떠올려보세요.

이름 자체에서 벌써

팬들이 자신이 사랑하는 그룹을 위해

얼마나 일사분란하게 움직이는지 짐작할 수 있습니다.

물론 개중에는 일부 극성스러운 팬들이나

열성 팬들의 지나친 간섭과 개입을 부담스럽게 여겨

팬덤이 형성되는 것 자체를 포기하는 사람도 있습니다.

과유불급過猶不及은 언제 어디서나 통하는 진리인 것일까요?

그러나 팬 없는 스타란 존재할 수 없기에

저는 오늘도 색소폰랜드를 찾는 모든 분들이

가장 고맙습니다.

색소폰 인구의 저변이 넓어지면서

다양한 영역에서 활동하는 분들을 알게 된 것 또한

제게는 말할 수 없이 큰 소득입니다.

색소폰에 입문하려면

시간과 경제적인 여건이 어느 정도 갖춰져야 하는데요.
조건이 그런 만큼
색소폰 연주를 배우는 분들의 모임은
그 자체만으로도 영향력이 큽니다.

물론 여기에도 위험 요소가 도사리고 있어요.
멤버 대부분 사회적 포지션이 좋거나 리더 급이어서
의견이나 생각을 조율하기가 어렵다는 점입니다.
자기 주관이 엄청 분명하고 기가 센 분들도 많아
이따금 곤혹을 치르기도 합니다.
그럴 때마다 저는
'합리성'을 최상의 원칙으로 내세웁니다.
어떤 결정이든 합리적으로 설명되지 않는 한
사람을 잃을 수밖에 없으니까요.
어느 한쪽으로 치우친 감정이나 편견,
그리고 몸에 밴 선입관은 종종 우리를 병들게 합니다.

색소폰랜드는 수많은 시행착오 끝에
이제 훌륭한 운영 시스템을 구축했고,
평화롭게 순항 중입니다.

/ 팬과 함께 가라

색소폰랜드에 대한 이야기가 입소문을 타면서

저를 찾는 사람이 부쩍 많아졌어요.

색소폰 연주자뿐 아니라 아티스트들도 종종 찾아와

어떻게 하면 임계점을 넘어 브랜드를 구축할 수 있는지,

퀀텀리프quantum leap 할 수 있는 방법은 무엇인지

묻곤 합니다.

그들은 어떻게 '지금 이 상황'이 되었는지를

가장 궁금해합니다.

그러나 안타깝게도

그들에게 보여줄 지름길은 없습니다.

왕도王道도 없습니다.

그저 관심과 정성을 다하고,

원칙을 잃지 않고,

올바른 시각을 유지하고,

대의를 저버리지 않되 소수의견을 무시하지 않는 것,

그 길뿐임을 강조합니다.

그래야 연주자든 팬이든 한마음으로

오래갈 수 있지 않을까요?

Libiamo ne'lieti calici _오페라 〈라 트라비아타〉 아리아

이탈리아의 작곡가 주세페 베르디Giuseppe Fortunino Francesco Verdi, 1813~1901의 오페라 〈라 트라비아타La Traviata〉(1853)의 제1막 제2장에 나오는 아리아다.

〈라 트라비아타〉는 베르디의 작품 중 가장 널리 알려진 오페라로 사회의 이중 윤리와 인습에 대한 저항을 담은 걸작이다. 내용은 '청춘의 피가 끓어오르는 동안 삶의 쾌락을 즐기자'는 것이지만 실제로 이 곡이 파티와 행사에서 사용될 때에는 긍정과 희망의 의미로 연주된다.

행사에 초대를 받아 연주하다 보면 성악가들이 와인 잔을 들고 '축배의 노래 Libiamo ne' lieti calici'를 부르며 관객의 참여를 유도하는 모습을 볼 수 있다. 나는 색소폰으로 이 곡을 재해석하여 관객과 함께하고 싶었다. 이런 취지로 색소폰 연주를 시도했고, 관객이 함께 노래하는 부분을 만들어 선보였다. 반응이 좋아서 파티 때 빠지지 않고 등장하는 곡이 되었다.

QR코드를 스캔하면 세기의 테너 카레라스, 도밍고, 파바로티가 함께 부른 〈Libiamo ne'lieti calici〉를 감상할 수 있습니다.

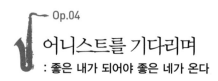

어니스트를 기다리며
: 좋은 내가 되어야 좋은 네가 온다

인생에서 가장 큰 축복은 좋은 사람과의 만남입니다.
색소폰 방송에서 MC를 맡아 하면서
게스트가 등장하면 꼭 묻는 게 하나 있는데요.
바로 "당신에게 색소폰이란 무엇입니까?" 하는 것입니다.

이 질문을 받으면 십중팔구
"나의 인생이다", "전부다", "친구다", "아내다" 등등
비슷하게 대답합니다.
같은 질문을 제 자신에게도 던져보았습니다.
"강기만에게 색소폰이란?"

저는 주저 없이

"나에게 색소폰이란 좋은 사람을 만나게 해주는

훌륭한 매개체다"라고 대답합니다.

색소폰을 연주하지 않았다면

이렇게나 좋은 분들을 많이 만나기 힘들었을 겁니다.

나의 연주를 사랑해주고,

나의 자연스러운 삶의 방식을 응원해주고,

나의 사고방식이 건강하다며 별점을 5개씩 매겨주는

그 '좋은 사람들'이 없었다면

저는 얼마나 외로웠을까요?

우리 옛말에 '끼리끼리 논다'는 표현이 있지요.

'초록은 동색' 혹은 '초록은 제 빛이 좋다'고도 합니다.

이 모두

'처지가 같고 수준이 비슷한 사람끼리 어울려야' 함을

비유적으로 이르는 말인데요.

저 역시 그들 덕분에

점점 더 좋은 사람이 되어가고 있습니다.

좋은 사람들 주위에는 늘 좋은 사람이 함께합니다.

저는 이 진리를 경험으로 깨달았어요.

정말 좋은 사람을 만나기란 매우 힘든 일입니다.

'좋다'는 평가 자체가 상대적인 탓도 있고,

인간에게는 어느 정도 선과 악의 양면이 다 있는 만큼

완벽하게 좋은 사람은 존재하지 않으니까요.

하지만 마음이 인정하는 좋은 사람과 연결되고 나니

주위가 온통 비슷한 분들로 가득 차게 되었습니다.

실하게 익은 고구마를 캘라 치면

여기저기서 비슷한 크기와 모양을 가진 건강한 고구마들이

주르륵 따라 올라오는 것처럼 말이에요.

제 주위의 좋은 분들에겐 비슷한 점이 있습니다.

그들은 본인의 위상을 높이기 위해 저를 초대하지 않아요.

'나 이런 사람 알아' 하는 느낌으로,

자신의 위치를 자랑하기 위해 저를 부르는 경우가 없습니다.

진정으로 저를 위하는 사람들은 연주 자체를 사랑합니다.

초대할 때엔 반드시 개런티를 제대로 지급하고,

늘 더 챙겨주지 못하는 것을 미안해하십니다.

그들은 또한 아티스트의 재능 기부에 대한 제 신념을
잘 이해합니다.
무조건 재능을 기부하는 것보다
적게라도 개런티를 받아서 그것을 기부한다는 원칙이지요.

사람들은 흔히 '좋은 사람'을 '쉬운 사람'이라 착각합니다.
남들이 요청하는 대로 다 들어주고,
자기 혼자 손해를 감수하고,
자신을 무작위로 개방하는 사람을
'좋은 사람'이라고 생각합니다.
그러나 그런 사람은 '약한 사람'이지 좋은 사람은 아닙니다.
좋은 사람은
자신의 브랜드 이미지를 만드는 데 최선을 다하는 사람,
그리고 그것을 결사적으로 지키는 사람입니다.

저도 마찬가지예요.
늘 실력이 부족하다 여겼기에 연습을 게을리 하지 않았고,
인간으로서의 성품을 가다듬기 위해 다방면으로 노력했으며,
어떠한 유혹에도 굴하지 않는 강력한 멘탈을 유지하기 위해
고난을 마다하지 않았습니다.

그 결과 저는 '강한 사람'이 되었습니다.

타고난 성품이 좋지 않다고 판단하여

남들보다 더 많이 노력했고,

늘 마음속에 좋은 사람의 이미지를 그리면서

자신을 바꿔갔습니다.

훌륭한 인품과 공감되는 라이프스타일을 가진 분을 만나면

그를 스승으로 삼아 닮고자 노력했어요.

어린 시절 제 마음을 울렸던

〈큰 바위 얼굴The Great Stone Face〉의 어니스트처럼요.

〈큰 바위 얼굴〉은

미국의 소설가 너새니얼 호손Nathaniel Hawthorne, 1804~1864이 쓴

단편소설입니다.

너새니얼 호손은 《주홍글씨The Scarlet Letter》처럼

교훈적인 성격의 작품을 많이 남겼는데요.

이 단편도 같은 맥락에서 이해할 수 있습니다.

인간이 위대해지는 데 필요한 것은

부유함이나 명예가 아니라

끊임없는 자기 탐색을 거쳐 획득하는 언행일치에 있음을 강
조하는 작품입니다.

어렸을 적부터 '큰 바위 얼굴' 이야기를 들었던 어니스트는
언젠가 큰 바위 얼굴을 닮은 위대한 인물이 나타나기를
기다리며 살아갑니다.
한없이 자애로운 미소와 가르침으로 지켜봐주는
큰 바위 얼굴과 똑같이 생긴 인물이 나타나기를요.

자연의 가르침에 순응하며 살아가는 동안
평범한 농부였던 어니스트는 본인이 자각하지 못한 사이
자애와 사랑을 전파하는 사람으로 거듭나는데요.
어느 날, 그의 이야기를 듣던 자리에서 사람들은
어니스트의 얼굴이 바로 큰 바위 얼굴임을 깨닫고
이렇게 외칩니다.
"보세요, 어니스트가 바로
큰 바위 얼굴을 닮은 사람입니다!"
그러나 어니스트는 이에 아랑곳없이
여전히 위대한 인물을 기다리지요.

평소 친하게 지내는 ☆☆방송국 아나운서와 대화하던 중
"나는 품성이 그다지 좋지 않은데 이상하게도
내 주변에는 좋은 사람이 많아"라고 고백한 적이 있어요.
그러자 그가
"그건 말이 안 되지요. 세상에 공짜는 없는 법이에요.
선생님이 좋은 사람이니 주위에 좋은 사람이 있는 겁니다"
하고 대답했습니다.
정말 기분이 좋았어요.
나를 돌아보며 좀 부끄럽기도 했지만,
왠지 몇 년 전의 나보다 오늘의 내가
조금이나마 나아진 것 같아서 뿌듯했습니다.

진짜 인연이 아닌데도 오직 관계를 유지하기 위해
노력하는 사람들을 종종 봅니다.
그럴 때 참 안타까워요.
관계는 서로의 노력과 필요에 의해 유지되잖아요?
언제나 내가 먼저 찾아가야 유지되는 관계는
진정한 관계가 아닙니다.

역으로 생각해볼게요.

내가 만나고 싶어 하고 관계를 맺고 싶어 하는

A라는 사람이 있습니다.

그런데 그에게도 과연 나를 알고 싶고,

나와 친해지고 싶다는 욕구가 있을까요?

실제로 쌍방향으로 서로를 알고 싶다는 욕구가 생기는 건

매우 드문 일입니다.

우리의 인간관계 네크워크에

'나만 잘 아는 사이'가 절대다수를 차지하는 이유이지요.

인간관계는 마음을 비울수록,

욕심을 내려놓을수록,

의외로 풍성해집니다.

자연스럽게 흘러가도록 줄을 느슨하게 풀어놓고 기다리면

상대방을 보는 시각에 여유가 생기고,

더불어 나 자신의 깊이도 알게 됩니다.

왜냐고요?

사람의 관계는 자연의 이치와 같기 때문입니다.

순환과 치유가 기본이지요.

따라서 지나가는 묵은 인연에 연연할 필요가 없습니다.

지루한 겨울의 끝에 봄이 움터오듯이

우리의 관계에도 늘 새 인연이 찾아오게 마련이니까요.

핵심은

관계의 문제가 상대방이 아닌 '나' 자신에게 달려 있음을

깨달아야 한다는 점입니다.

나에게 관용이 없는데

온유한 사람이 나와 함께할 수 있을까요?

나에게 기품이 없는데

품격 있는 사람이 나와 지속적인 만남을 유지하려 들까요?

내가 정의롭지 않은데

정의로운 사람이 나와 함께하기를 바랄까요?

나에겐 의리가 눈곱만큼도 없는데

누군가 나를 위해 의리를 지킬 수 있을까요?

나 자신을 둘러싼 모든 상황은

이런 의문과 맥을 같이합니다.

결국 우리 모두 알고 있는 것처럼

"좋은 내가 되어야 좋은 네가 온다"는 사실만이

명백한 진리입니다.

내가 좋은 사람이 아니라면

아무리 좋은 사람이라 해도 왔다가 곧 떠나게 마련이에요.
결코 오래 머무르지 못합니다.
많은 경우, 관계를 규정하는 것은 나 자신이기 때문입니다.

만에 하나,
내가 진심을 다해 좋은 사람으로 존재하고 있는데
상대방이 그런 나를 영 몰라준다면
어떡해야 할까요?
'좋은 나'를 '쉬운 사람'으로 착각하고 무시한다면
어떻게 해야 할까요?

답은 간명합니다.
그 사람을 당신의 인생 리스트에서 '숨김 처리' 하세요.
잊어버리세요.
우리의 시간은 좋은 사람을 위해 아낌없이 내어주기에도
빠듯하니까요.

○ ●

인생이란 결과로서 판단되는 것이 아니라
살아가는 과정에서 느끼는 즐거움과 보람에 의해 그 가치와 의미가 결정됩니다.

Via Dolorosa

'비아 돌로로사Via Dolorosa'는 '슬픔의 길', '고난의 길'이란 뜻이다. 예수께서 빌라도 관정에서부터 골고다까지 십자가를 지고 걸어가신 길을 일컫는 별칭으로 다양한 음악의 모티브가 되었음은 물론 많은 화가들 역시 즐겨 다룬 소재이기도 하다. 기독교인인 내가 교회에서 연주했을 때 가장 좋은 반응을 끌어낸 의미 있는 곡이다.

나의 연주를 들은 팬이 이 곡의 영상을 제작해서 보내주었는데 반주와 연주, 영상이 하나가 되어 슬픔과 애잔한 마음을 조화롭게 표현해주었다. 연주가 끝나면 대다수 사람들이 "가슴이 뭉클했다", "나도 모르게 눈물을 흘렸다"라는 감상평을 들려주곤 한다.

QR코드를 스캔하면 〈Via Dolorosa〉를 강기만의 색소폰 연주로 감상할 수 있습니다.

명품의 조건은 휴머니즘과 테크닉
: 찾아가는 사람이 되지 말고 찾아오고 싶은 사람이 되어라

군에서 제대한 후 여수에 살던 저는

연고緣故 하나 없는 서울로 거처를 옮겼습니다.

그러고 나서 1년이 지났을 때였어요.

주변 사람들이 제게 사람을 소개시켜달라고 했습니다.

그들 눈에는 제가 발이 넓고 친화력이 뛰어난 것으로

보였나 봐요.

사실 저는 명함 한번 제대로 돌린 적이 없었습니다.

관계의 망network을 넓히기 위해

모임을 만들거나 어딘가에 특별히 가입한 적도 없고,

사람의 등급을 정해놓은 적도,

유익이 되는 사람만 상대한 적도 없었습니다.

그저 나를 찾아온 사람에게 따뜻한 마음을 주고,

아낌없이 물질을 베풀고, 친절하게 대했을 뿐입니다.

색소폰 연주를 하면

자연스럽게 사람 만날 일이 많아져요.

그러나 여태껏 저는 연주를 연결시켜줄 만한 사람들을

의도적으로 만난 적이 없습니다.

상대가 아무리 대단해 보여도 결코 비굴해지지 않았고,

사회적 지위나 권력 유무에 관계없이

당당하게 수평적인 만남을 유지했습니다.

아무 계산 없이 좋은 만남을 유지하기 위해 노력했어요.

매사 정성을 다하면서요.

물론 색소폰 연습을 열심히 해서

기회가 될 때마다

발전된 나의 모습을 보여주는 것을 잊지 않았습니다.

저는 누가 뭐래도 색소포니스트 강기만이잖아요.

이런 시간이 쌓인 덕분일까요?

/ 명품의 조건은 휴머니즘과 테크닉

평범한 줄만 알았던 주변 지인들이
대단한 사람들을 소개시켜주기 시작했고,
제 인맥은 짧은 시간에 넓고 깊게 형성되었습니다.
아주 빠른 속도로 많은 사람과 친분을 맺게 되었지요.

영국 옥스퍼드대학교의 김성희 교수님이 해주셨던 말이
떠오릅니다.
"강기만 교수는 누구를 소개시켜줘도 관계를 잘하고
연주도 잘하니 정말 안심이네.
내가 사람 보는 눈 하나는 아주 밝지.
그래서 자네를 옥스퍼드에 초대한 거고
아직까지 강기만 홍보대사를 자처하는 거잖나!"

저는 다른 연주자에 비해 늦게
색소폰을 시작했습니다.
이런 핸디캡을 충분히 인지하고 있었기에
정말 많이 노력했어요.
입술에서 피가 나고 딱지가 생겨도,
연습하다 살점이 통으로 떨어져도
연습을 멈추지 않았습니다.

그러나 무조건 열심히 하지는 않았습니다.

반드시 원하는 결과를 머릿속에 그리며 연습했어요.

연습 방법에 대해서도 철저하게 고민했습니다.

실력 향상을 위해 피나는 노력을 기울이면서

저는 가장 먼저 '강기만 브랜드'를 구축하기 위한

'빅픽처'를 그렸습니다.

뻔한 그림이 아닌

강기만다운 이미지를 만들기 위해

다양한 방법을 시도했습니다.

시도가 많았기에 실패도 많았지만,

기대 밖의 좋은 결과물도 적지 않았습니다.

SNS를 통해 팬들과 소통할 때도

일반적인 패턴에서 벗어나려고 노력했습니다.

페이스북이나 인스타그램, 카카오스토리에 접속해서

남의 스토리를 훑으며 '좋아요'를 누르기보다

자신에게 더 집중했다는 뜻입니다.

누가 내 스토리를 봤는가,

누가 '좋아요'를 눌러줬나에 집착하지 않고

오직 나의 기록을 위해 SNS를 이용했습니다.

나를 발전시키기 위해 노력한 결과는
언제나 정직했습니다.
특별한 누군가를 만나려고 발버둥치지 않았는데도
그들이 먼저 나를 선택했고,
지인들의 권유로 더 많은 사람들을 소개 받았으며,
뜻밖의 모임에 초대되곤 했습니다.

몸도 마음도
하늘을 나는 것처럼 붕 뜨는 순간들이 이어졌어요.
한없이 도취되었다가는 곧장 추락할 판이었습니다.
그때, 어디선가 경고의 메시지가 들려왔어요.
그래서 긴장의 끈을 다잡았습니다.

물론 이런 마음의 배경에는
많은 사람과 사귀면서
관계의 구멍을 자주 목도했던 경험이 녹아 있습니다.
'내가 어울리고 싶어 하는 사람은 다른 사람을 보고 있다'는
'팩트' 말입니다.

대개의 모임에서 사람들은

자신의 네임밸류에 어울리는 사람이 있는지,

사업에 도움이 되는 누군가가 나왔는지,

인연을 맺고픈 이성이 있는지에

관심을 많이 기울였습니다.

이런 분위기에서는 인간적인 관계 형성을 바랄 수 없죠.

그래서 어느 순간

'이건 아니다'라고 생각하게 되었습니다.

내가 먼저 바뀌어야 했습니다.

사람들이 만나고 싶은 매력적인 나,

시간을 써도 아깝지 않은 가치 있는 나로 바뀌지 않으면,

나는 결국 늘 누군가를 바라보게만 된다는 것을

뼈저리게 절감했습니다.

내가 진짜가 되지 않으면

자정이 지나면 늙은 호박으로 변하는

신데렐라의 황금마차 신세로 남을 뿐이니까요.

마법의 힘은, 언젠가, 소진되게 마련이고요.

가장 중요한 것은

진짜인 나를 만드는 것,
나를 브랜드화해서 사람들이 만나고 싶은 사람이 되는 것,
바로 그 한 가지였습니다.

영화보다 더 영화처럼 살아가고,
알면 알수록 존경할 부분이 더 많은 안성기 배우님이
제게 들려주신 말이 있어요.

"강교수, 자신이 선택한 일에
늘 성실히, 열심히, 한 우물을 파다 보면
언젠가
내가 목표한 것에 가까이 와 있음을
알게 되는 날이 올 거야."

저는 그분을 가까이 보면서
'저렇게 살고 싶다, 저렇게 나이 들고 싶다'는 꿈을
갖게 되었습니다.
인간적인 깊이와 향기가 느껴지는 사람,
아름다움과 기품이 느껴지는 사람이 되어
자연스럽게 나이 들어가는 것,

그것이 제 바람입니다.

나만의 브랜드를 가지려면 어떡해야 하냐고요?
무엇보다 비교불가의 매력이 있어야 합니다.
스스로 명품이 되어야 해요.
자신에게 한번 물어보세요.
"타인에게 보이는 나는 명품인가?
그 누구보다 나를 가장 잘 아는 나 스스로
'나는 명품이다'라고 자신할 수 있는가?"
만일 명품이 아니라고 생각되면 왜 그런지,
그 이유를 정직하게 따져보아야 합니다.

저는 명품의 조건을
'테크닉과 휴머니즘'이라고 생각합니다.
남들이 함부로 따라 할 수 없는 해당 분야에서
독보적인 전문가가 되는 일,
누구보다 인간적이며
따뜻한 성품을 가진 자가 되는 것,
보편적 인간성에 대한 존경과
생명에 대한 존엄을 잃지 않는 것.

이것이 바로 명품 인간의 조건이라고 생각합니다.

매력적인 사람이 되어
뭇 사람들을 찾아오게 만드는
'브랜드형 인간'이 되는 진짜 비밀은
바로 여기에 숨어 있습니다.

여러분도 할 수 있습니다.
나만의 브랜드를 만들고 경쟁력을 키우세요.
사람들이 만나고 싶어 하는 그 누군가가 되어보세요!

Wonderful Tonight

이 곡은 담백한 목소리로 필요 없는 기교를 배제한 깔끔한 기타 연주가 돋보이는 블루스 기타리스트 에릭 클랩튼Eric Clapton, 1945~의 곡이다. 비틀즈 멤버였던 조지 해리슨George Harrison의 아내 패티 보이드Patti Boyd와 사랑에 빠지면서 쓴 곡이라고 알려졌다.

에릭 클랩튼은 친구의 아내와 사랑에 빠져 패티를 향한 연모의 노래로 아름다운 연가인 '라일라Layla'를 작곡했는데, 훗날 해리슨이 패티와 이혼하자 그녀와 결혼했고 그때 쓴 곡이 바로 유명한 '원더풀 투나잇Wonderful Tonight'이다. 황홀하고 아름다운 밤을 연출할 수 있는 매혹적인 멜로디가 색소폰을 만나서 가슴 찡한 느낌을 주는 명곡 중의 명곡이다.

QR코드를 스캔하면 에릭 클랩톤이 산 디에고 공연 시 연주한 〈Wonderful Tonight〉를 감상할 수 있습니다.

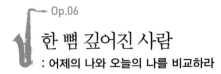

한 뼘 깊어진 사람
: 어제의 나와 오늘의 나를 비교하라

Op.06

타인과 비교하면 힘이 빠집니다.

멀쩡하게 잘 있다가도

나보다 잘난 누군가를 보면 금세 위축됩니다.

돈을 많이 가진 사람은

더 많이 가진 사람을 보면서

'나도 조금만 더 가졌다면

지금보다 훨씬 좋은 일을 많이 할 텐데,

내가 꿈꾸는 것들을 원 없이 해볼 텐데…' 하며

안타까워합니다.

언젠가 갑부들에게

"지금 필요한 것이 무엇인가?"라는 설문조사를 했더니

대다수 부자들이 놀랍게도

"돈이 더 많았으면 좋겠다"고 대답했다고 해요.

남부럽지 않은 경제력을 가진 사람들에게도

'돈'은 더 필요한 그 무엇인가 봅니다.

일반적으로 사람들은 무엇인가를 비교할 때

나보다 못한 사람과 비교하지 않고

나보다 잘난 사람,

나보다 많이 가진 사람과 비교합니다.

그러다 보니 지금의 상황에 대한 감사가 없어요.

남보다 더 나은 조건을 가지고 있는데도

발견하지 못합니다.

없는 것만 자꾸 생각하면

있는 것마저 점점 사라진다는 사실을 잊은 것이지요.

비교는 남과 하는 것이 아닙니다.

비교의 대상은 언제나 나 자신이어야 합니다.

어제의 나와 오늘의 내 모습을 비교해야 해요.

/ 한 뼘 깊어진 사람

사람들은 보통 남의 이야기를 자주 하지요?

여러분도 그럴 겁니다.

그런데 가만히 들어보면 칭찬과 격려보다는

질시와 비난이 주류를 이룹니다.

어쩌면 인간의 본성 가운데

남이 잘되는 것을 썩 좋아하지 않는

야릇한 기운이 있는 건지도 모르지만,

타인이 어떻게 살든 그게 나와 무슨 상관인가요?

내가 멘토로 삼은 사람이 아닌 다음에야

굳이 비교하면서 속을 끓일 필요가 있을까요?

나에게 집중하세요.

어제의 내 모습과 오늘의 내 모습에서

조금이라도 달라진 게 있는지,

있다면 그게 무엇인지 생각해보세요.

어제보다 얼마큼 성숙했는지,

오늘 좀 더 겸손하게 행동하고 있는지,

인품이 향기롭게 익어가고 있는지,

말과 생각과 표현이 좀 더 따뜻해졌는지

하나 하나 곱씹어보세요.

외면뿐 아니라 내면의 아름다움도 함께 돌보고 있는지
꼼꼼히 살펴보세요.
그러면 겉사람이 아니라 속사람의 성숙함을
추구하게 됩니다.

저는 음악을 다양하게 듣고
외국의 훌륭한 음악가들의 색소폰 연주를 자주 듣고
영상도 많이 확인하지만
국내 색소포니스트들의 연주는
의도적으로 잘 듣지 않습니다.
나보다 잘하는 사람을 볼 때마다
나 자신의 소질 부족과 느린 발전 속도에
자괴감이 들기 때문입니다.

나보다 훌륭한 테크닉을 구사하는 사람을 보면서
주눅 들고 힘을 빼기보다는
조금 더뎌도 나에게 집중하면서
더 나은 나를 위해 노력하는 편이 훨씬 낫다고

판단한 탓입니다.

나날이 발전하는 개성 있는 연주자가 되기 위해
저는 날마다 색소폰을 붑니다.
매일 연습합니다.
차별화된 연주 기법은 물론
독특한 레퍼토리를 준비하기 위해
끊임없이 반주MR를 만들고,
연주해서 얻은 수익금을 활용하여 음악을 만드는 데
다시 투자합니다.
더 훌륭한 연주자가 되기 위해
주변 사람들의 피드백을 겸허히 받아들이고,
더 좋은 사람으로 거듭나기 위해 기도합니다.

어제의 나보다 한 발자국 더 나아간
연주자 강기만을 보고 싶고,
어제보다 한 뼘 깊어진 마음을 가진
인간 강기만을 만나고 싶으니까요!

Danny Boy

색소폰을 연주하는 사람이라면 다 아는 곡, 색소폰과 인연이 없는 사람일지라도 한 번쯤 들어본 곡이다. 그만큼 대중적인 '대니 보이Danny Boy'는 색소폰 연주자들이 가장 즐겨 연주하는 곡이기도 하다. 특히 테너 색소폰을 연주하는 사람이라면 너나 할 것 없이 '대니 보이'를 멋지게 연주하고 싶다는 꿈을 꾸게 마련이다.

더불어 이 곡은, 연주를 마스터한 순간 색소폰 연주력을 인정받을 수 있을 만큼 색소폰으로서 구사할 수 있는 다양한 테크닉이 필요한 곡이다. 저음역대의 매력적인 서브톤과 가포지션이라 불리는 하이톤을 구사할 수 있어야 하고, 칼톤® 랑이가 으르렁거리는 듯한 테크닉을 능수능란하게 연주할 수 있어야 하기에 '대니 보이'는 연주자들에게 매력적일 수밖에 없다.

이 곡은 색소폰 연주자 실 오스틴Sil Austin, 1929~2001의 연주를 통해 대중에게 알려지게 되었는데, 많은 동호인들과 연주자들이 이 곡을 연주하기 때문에 나는 무대에서 이 곡을 연주하지 않는다.

QR코드를 스캔하면 명불허전 실 오스틴이 연주한 〈Danny Boy〉를 감상할 수 있습니다.

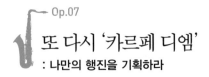

Op.07

또 다시 '카르페 디엠'
: 나만의 행진을 기획하라

"그 누구도 아닌 자신만의 걸음을 걸어라.

나는 독특하다는 것을 믿어라.

누구나 몰려가는 길에 줄을 설 필요는 없다.

자신만의 걸음으로 자기 길을 가라,

바보 같은 사람들이 무엇이라 비웃든지!"

"현재를 즐겨라.

왜냐하면 너희들이 믿든 믿지 않든

이 방에 있는 우리 모두는 언젠가 숨을 멈추고,

차가워지고, 죽게 되거든.

너의 생각과 신념이 고유하다는 걸

알아야 한다.

만약 다른 사람들이

그 생각을 이상하게 여기거나 좋아하지 않더라도!

너의 목소리를 찾기 위해 열심히 노력해라.

늦으면 늦어질수록

너의 목소리를 찾기란 점점 더 어려워질 테고,

나중엔 아예 못 찾게 될지도 모르니까!"

"카르페 디엠, 지금 이 순간을 즐겨라.

너의 삶을 남다르고 특별하게 만들어라."

좋은 영화 〈죽은 시인의 사회 Dead Poets Society〉에 나오는

키팅 선생의 말입니다.

모르는 사람이 없을 만큼 유명해서

요즘은 카톡이나 페이스북 등 SNS의 상태 메시지로

잘 쓰이는 문구가 되었습니다.

'카르페 디엠 Carpe diem'은

극중 키팅 선생이 제자들에게 이 말을 자주 외치면서

더 많이 회자되기 시작했는데요.

영화에서는 전통과 규율, 위_{부모와} _{학교}로부터 부여된

목표와 의무에 얽매인 학생들에게

자유의지 발현을 촉구하는 의미로 사용되었습니다.

키팅 선생은 이 표현을 통해

미래_{명문대 입학과 번듯한 직업}를 보장하기 위해 희생해야 하는

현재의 삶이 얼마나 중요하고 소중한지,

'지금, 바로 이 순간, 지금 그 나이'에 누려야 할

낭만과 순수한 삶의 희열을 포기하는 것이

과연 바람직한 선택인지 끊임없이 되묻습니다.

저는 카르페 디엠이

청소년보다 성인에게 더 필요한 정신이라고 생각해요.

어른인 나는 그렇게 살지 못하면서

내 자녀나 이웃 청소년들에게

"현재를 만끽하라, 가장 소중한 순간은 현재다"라고

충고하고,

"이렇게 살아라, 저렇게 살아라"고 훈계하는 것은

별로 좋아 보이지 않아요.

바람직하지도 않습니다.

최고의 교육은 솔선수범하는 모범에서 나옵니다.

그런 만큼,

어른인 내가 먼저 순간의 의미를 찾고,

그 중요성을 인지해야 합니다.

자녀나 다른 청소년들에게 이 정신을 강조하는 것은

그다음에 해도 늦지 않습니다.

타인이 만들어준 틀과 시선으로 세상을 보지 않고,

관습과 타성에 젖은 삶에서 벗어나

나의 목소리를 찾는 것,

내가 걷고 싶은 방식으로 걷고

내게 맞는 템포를 찾아가는 것,

모두가 모이는 길에 줄을 서기보다 내 길을 찾아내는 것,

삶이 허락되었을 때 아름다운 꽃봉오리를 즐기는 것,

나만의 인생을 사는 것,

단 한순간이라도 진정 내가 원하는 삶을 살고 있는지

의문을 가지는 것…

이 모두

오늘 우리가, 어른인 우리가 먼저 해야 할 일 아닐까요?

나의 의지로 현재를 살면

더 발전된 미래를 맞을 수 있습니다.

조언은 누구든지 해줄 수 있지만

결정과 선택에 대한 책임은 언제나 나에게 있습니다.

남이 정해준 가치에 따라 삶을 규정해서는 안 된다고

강조하는 이유입니다.

아무리 고되고 힘들더라도

진정으로 내가 원하는 것이 무엇인지 찾아나서야 해요.

인생을, 사람을, 사건을, 사물을

다른 각도에서 바라볼 줄 알아야 합니다.

남이 인정하는 성공을 위해 달려가지 말고,

단 한순간이라도 나를 위해 온전히 살아보세요.

내가 원하는 삶, 나의 인생을 찾으세요.

하지만 미리 그 결과를 상상하며

연연해할 필요는 없습니다.

인생이란 결과로서 판단되는 것이 아니라

살아가는 과정에서 느끼는 즐거움과 보람에 의해

그 가치를 결정하는 것이니까요.

어떤 인생이든

인생의 진짜 주인공은

그것을 바라보며 평가하는 제3자가 아닙니다.

부모도 교사도 친구도 아닙니다.

오직 여러분 자신입니다.

매 순간 최선을 다하세요.

그러면

여러분 삶의 가치는 수직 상승할 것입니다.

남들이 나에게 원하는 '어떤 모습'이 아닌, 본인이 진심으로 원하는 모습,
평생토록 만들어가고 싶은 '그 모습'은 무엇일까요?

강기만의 인테르메조

Oh! Happy Day! _영화 〈시스터 액트2〉 OST

영화 〈시스터 액트2Sister Act2〉에서 돌로리스(우피 골드버그)는 아이들을 위해 다시 수녀복을 입는다. 그러고는 문제아 취급을 받는 아이들에게서 노래의 재능을 이끌어내 합창대회를 석권한다. 우피 골드버그의 사랑과 통솔력, 멋진 지휘 장면, 그녀를 의지하고 자유롭게 노래함으로써 자신의 숨겨진 역량을 아낌없이 발휘하는 학생들의 모습이 매우 감동적인 유쾌한 영화다.

나는 결혼식 축하곡으로 이 음악 '오! 해피데이!Oh! Happy Day!'를 자주 연주한다. 결혼식 분위기와 잘 어울려서 그런지 연주 섭외가 들어올 때 이 곡을 축가로 요청하는 경우가 대부분이다. 어둡고 슬픈 곡보다 밝고 웅장하고 경쾌한 곡을 좋아하는 나의 성향과도 잘 맞아서 즐겨 연주하는 편이다.

무대에서 이 곡을 연주하면서 종종 관객들과 아이콘택트를 하는데, 관객이 즐거워하는 표정을 보면 색소폰 연주자로서 존재 이유와 정체성을 확인하게 되는 것 같아 덩달아 기분이 좋아진다.

QR코드를 스캔하면 〈Oh! Happy Day!〉를 강기만의 연주로 감상할 수 있습니다.

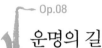

운명의 길
: 인생의 황금기는 사람마다 다르다

시인 윤동주1917~1945는 28세에 생을 마감했습니다.

그러나 그의 작품에서 느껴지는 예술혼은

깊고도 깊습니다.

'젊은 나이에 어떻게 저런 깨달음을 얻었을까?' 싶을 만큼

그의 작품은 하나하나가 절창絶唱 입니다.

오늘의 누가 과연 저 나이에

'잎새에 이는 바람에도 괴로워'할 수 있을까요?

독립운동가 안중근1879~1910 의사는

삼흥학교三興學校 를 세우는 등 인재양성에 힘썼으며,

만주 하얼빈에서 이토 히로부미伊藤博文를 사살하고
31세에 순국했습니다.
창창한 나이에 감옥에서 생을 마감했지만
그는 역사의 한 페이지를 장식한 위대한 영웅입니다.

비밥 모던 재즈의 창시자이자 유명한 색소폰 연주자인
찰리 파커Charlie Parker, 1920~1955는 36세에 세상을 떠났지만,
그가 연주했던 즉흥 연주는 악보화되어
색소폰뿐만 아니라 재즈를 공부하는
모든 전공자의 교과서로 활용됩니다.
그 뿐일까요?
그는 연주자라면 누구나 평생 공부하고 카피하고
연구해야 할 위대한 업적을 남겼습니다.

에마뉘엘 마크롱Emmanuel Macron, 1977~은 39세에
프랑스 제25대 대통령에 당선되었고,
버락 오바마Barack Obama, 1961~는 47세에
미국의 제44대 대통령에 당선되었습니다.
미국의 제45대 대통령인 도널드 트럼프Donald Trump, 1946~는
70세가 넘어서 대통령에 당선되었고요.

우리나라를 비롯하여 각국의 유명 인사를 거론한 데엔

그만 한 이유가 있습니다.

'인생의 황금기는 각자 다르다'는 진리를

강조하고 싶어서예요.

우리가 자각하지 못하고 지나가서 그렇지

실은 누구에게나 자신의 황금기가 있게 마련입니다.

우리는 모두 자신에게 주어진 운명의 길을

열심히 걸어가고 있습니다.

내 길은 내가 걷습니다.

누구도 남의 길을 대신 걸어줄 수 없고,

그 어느 누구도 다른 사람에게

"나 대신 이 길을 걸어달라"고 부탁할 수 없습니다.

아무리 지위가 높고 부유한 권력자라 해도

다른 사람더러 내 인생을 살아달라고 요청할 수 없어요.

인생의 주인은 언제나 나 자신,

나 한 사람이기 때문입니다.

저에게 잘 맞는 연주 레퍼토리를 만들기 위해서

저는 모든 것을 투자합니다.

해마다 새로운 무기를 개발하고 이를 연주에 장착하지요.
1년 전 연주했던 곡과 지금 연주하는 곡에서
차이가 발생하는 배경입니다.
저는 또 연주 실력 향상을 위해
매일 색소폰 연습을 게을리 하지 않습니다.

색소폰 실력 외에도
인간 강기만을 업그레이드하려고 다방면으로 노력합니다.
내가 원하는 이미지를 만들고,
그 이미지에 맞게 나를 개발하고 바꾸려 노력합니다.
연주력 외에 갖추어야 할
플러스알파를 위해 연구합니다.
외모, 말투, 패션은 물론
긍정적인 생각과 좋은 습관 갖기 등
전방위全方位로 거듭나기 위해 애씁니다.
인생의 황금기를 당당하게 맞이하기 위해
꾸준히 나를 개발하고 있어요.

더불어 낡아지고 약해지기 쉬운 겉사람보다
창조의 원형인 속사람을 새롭게 하기 위한 훈련도

지속적으로 해나갑니다.

쉬운 일은 아닙니다.

그러나 힘들다고 지레 겁먹고 포기할 필요도 없습니다.

언제나 희망은 있어요.

때로는 그 희망이 우리에게 너무 익숙한 것이어서

보이지 않을 수도 있고,

때로는 너무 사소하게 보여

무시할 수도 있지만 말입니다.

그러나 그 작은 희망 하나하나에 마음을 기울일 때,

큰 희망도 활짝 피어나는 법입니다.

인생의 황금기는

작은 희망들이 하나하나 구체화되고 실현될 때

찾아오는 법이니까요!

오늘도 어김없이 '한 그루의 사과나무'를 심고,

'별을 노래하는 마음'으로 주어진 길을 걷는 자에게

신神은, 때를 기다렸다가,

'그의 인생 중 가장 적절한 시기'에

황금기를 선물합니다.

그러니 다만 인내하며 기다려야 합니다.

꽃도 풀도 나무도

저마다 피어나는 시기가 다르듯이

우리 인생의 황금기도 저마다 다르니까요.

여러분의 황금기는 언제입니까?

홀륭한 선장이 거친 파도와 더불어 성장하듯
리더는 어떤 상황에서나 왕관의 무게를 견뎌야 합니다.

Loving You

색소폰의 대명사 케니 지의 명곡 중 하나다. 케니 지 콘서트에 참석하면 케니 지가 소프라노 색소폰으로 '러빙 유Loving You'를 감미롭게 연주하면서 입장하는 것을 볼 수 있는데, 이때 관객들은 늘 환호성을 지르곤 한다. 첫 멜로디가 나오는 순간 케니 지의 연주임을 직감할 수 있는 케니 지의 시그니처signaure 곡이다. 소프라노 색소폰을 공부하는 사람들은 거의 100퍼센트 이 곡을 공부하고 연습한다. 케니 지의 연주기법과 테크닉을 터득하고 배울 수 있는 교과서적인 곡이기 때문이다.

나는 군대 제대 후 예술대학에 입학하기 전 색소폰을 연습할 공간이 없어서 차 안에서 케니 지의 곡을 틀어놓고 수백 번 반복해서 연주하고 흉내 내고 카피하면서 시간을 보냈다. 그 뒤로 시간이 흘러 정규 2집 〈디어 케니 지Dear Kenny G〉 앨범을 발표했고, 소프라노를 공부하는 사람을 위한 악보집과 연주 CD를 제작하여 공부에 도움이 되는 양질의 교재를 만들어 제공했다.

QR코드를 스캔하면 〈Loving You〉를 강기만의 연주로 감상할 수 있습니다.

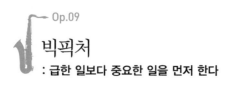

빅픽처
: 급한 일보다 중요한 일을 먼저 한다

인간에게 전지전능 全知全能이 허락되었다면 어땠을까요?

아마 기차 시간표처럼 짜인 인생 계획표를 붙여두고

1분 1초를 아끼며 계획대로 살았을 겁니다.

그러나 안타깝게도 인간에겐

한 치 앞조차 내다볼 능력이 없어요.

마음은 원이로되 몸은 늘 급한 일, 눈앞에 닥친 일에

얽매이게 되는 배경입니다.

게다가 인간의 마음은 곧잘 자기 편한 대로

기억을 조작하는 데 익숙합니다.

그래서 종종 급한 일을 중요한 일이라고 단정 짓지요.
정말 중요한 일을 제쳐두고 땀을 뻘뻘 흘리며
사소한 일에 목숨을 걸게 됩니다.

아이러니한 점이 있습니다.
우리를 초조하게 만드는 급한 일들은 대개
외부로부터 주어진다는 점입니다.
누군가의 요청으로 급하게 잡은 약속,
가족이 해결해달라고 부탁한 문제,
타 부서에서 넘어온 긴급한 업무… 등등이 그렇습니다.

그런데 문제가 있어요.
급한 일들을 '급하게' 처리하는 데 익숙해지면
시간을 두고 계획한 일들을 천천히
스텝 바이 스텝 해나갈 때
불안해진다는 점입니다.
왠지 이거 말고 다른 일을 해야 할 것 같고,
뭔가 더 중요한 걸 놓치고 있는 건 아닌지
스스로를 의심하게 됩니다.
놀랍게도 우리의 두뇌 회로가

'급한 것=중요한 것'이라는 공식에 길들여진 탓입니다.
우선순위가 전도顚倒된 것이지요.

한동안 '자기주도적'이라는 말이 회자되었습니다.
공부에서도 인생에서도 자기주도적이어야 한다고,
그래야 진짜 성공적인 삶을 살 수 있는 거라면서
이 개념이 공공연하게 강조되었어요.

한 가지 재미있는 점은
'자기주도적'인 것이 무엇인지, 어떻게 하는 것인지를
배우기 위해 사람들에게 팁을 주고 그 방법을 가르치는
사교육 기관까지 성업했다는 것인데요.
그렇게 해서라도 자기주도적인 사람이 되고 싶다면야
할 말이 없습니다.

자기주도적인 인생을 살려면
삶의 우선순위를 정할 때 자신에게 솔직해야 합니다.
물리적인 시간을 분배할 때도 마찬가지입니다.
무슨 뜻이냐고요?
정말 중요한 일을 계획하고 있다면

눈앞에 닥친 일에만 집중해선 안 된다는 의미입니다.

내 마음이 진짜 원하는 일이 무엇인지 먼저 파악하고,
그것을 완성하는 데 시간을 정교하게 배분해야 합니다.
인간의 꿈은 대개
시간이라는 길고 튼튼한 날실에
열망과 열정이라는 다채로운 씨실로 직조되는
거대한 태피스트리이기 때문입니다.

오늘 우리의 모습은 어떤가요?
당장 처리해야 하는 일에 시간과 정성을 다하느라
자신이 꿈꾸던 미래에서 점점 멀어지고 있지 않나요?

내가 계획했던 인생의 중요한 일에
시간을 투자하고 열정을 쏟아 부어야 하는데도
우리는 종종
"위대한 일을 이루는 데엔 시간이 오래 걸려" 하고
핑계를 대면서 작은 한 걸음을 포기합니다.
급한 일을 하느라 열정과 에너지를 소진해버리고
정말 중요한 일은 뒤로 미루지요.

처음엔 이것저것 구실을 붙이며 다음 기회를 노리지만,

이런 태도가 습관이 되면

평생 급한 일만 하다가 내 인생이 아닌 남의 인생을

마무리하게 됩니다.

하지만 인생에는 다음 기회가 잘 찾아오지 않습니다.

급하지는 않지만 정말 중요한 일이 무엇인지

깊이 생각해보아야 합니다.

성공한 사람들은 어떤 일을 선택하고 행동을 결정할 때

중요한 일에 시선을 고정하고 우선순위를 분명히 합니다.

때로는 과감하게 가던 길을 접고

전혀 의외의 선택을 하기도 합니다.

저는 사실 조금 게으른 편이에요.

그러나 중요한 일에 대한 시선을 놓지 않습니다.

급한 일에 직면해도

'멍 때리면서' 아무것도 하지 않을 때가 있고,

나만의 속도감 유지를 위해

아무리 급하다고 해도 당장 시작하지 않고

보다 중요한 일에 대해 깊이 고민합니다.

또한 인생의 단계를 나누고 시즌을 나누어서
해마다, 날마다
해야 할 일들의 우선순위를 기록하고,
중요한 순서대로 일을 처리하는 데 익숙합니다.

제가 가장 선호하는 방식은
주기적으로 '빅픽처'를 '재구성'하는 것입니다.
먼저 꼭 이루고픈 나의 이상을 그림으로 그리고,
이를 큰 조각으로 나눈 다음,
그것을 다시 작은 조각으로 나눕니다.
그러고 나서 주기적으로 재구성합니다.

이때, 제일 작은 퍼즐 조각부터 하나하나 맞춰가요.
각 사이즈의 그림 조각들은
3년 후의 강기만, 10년 후의 강기만처럼
시간을 중심으로 나눌 수도 있고,
색소폰 연주자로서의 강기만, 가장으로서의 강기만,
교수로서의 강기만처럼
역할에 따라 나눌 수도 있습니다.

예를 들어 제 인생의 빅픽처는
'겸손하고 감사할 줄 아는 호모사피엔스,
색소폰 연주자 아티스트 강기만'인데요.
저의 모든 노력과 정성과 열정은
이 그림을 완성하는 데 남김없이 쓰입니다.

경험에 의하면,
하고 싶은 일이나 쉬운 일을 먼저 해냈을 때보다
중요한 순서대로 일을 처리했을 때의 만족도가
훨씬 높았습니다.
물론 급한 일이 중요한 일일 수도 있고,
중요한 일이 시급할 수도 있고,
가끔 이 둘이 혼동될 때도 있습니다.
그러나 중요한 일을 먼저 하겠다는 자세를 유지하는 것이
무엇보다 중요합니다.

피터 드러커Peter Drucker는 이렇게 말했습니다.
"성공한 관리자들은
시간 관리를 효과적으로 하기 위해서
실제로 시간을 어디에 사용하고 있는지

확실히 파악한다."

뜨끔한 직언直言이죠?

실제로 주위를 둘러보면

시간을 아껴 스마트폰을 보고,

시간을 아껴 컴퓨터 게임을 하고,

시간을 아껴 드라마를 보는 사람들이

더 많습니다.

좋지 않은 습관이 고착되어 답답하다면,

일의 종류를 네 가지로 구분하여 정리해보세요.

첫째, 중요하면서 급하게 처리해야 할 일입니다.

목적이 있는 공부나 업무 등이 여기 속할 테지요.

둘째, 중요하지만 급하지 않은 일이 있습니다.

대개 주기별로 짜놓은 미래 계획일 것입니다.

예를 들면 첫 직장 은퇴 후 제2의 인생을 시작할 때

필요한 기술 배우기 등입니다.

셋째, 급하지만 중요하지 않은 일도 있을 겁니다.

정해진 시간을 넘기지 않아야 하지만

대세를 판가름하지 않는 일들이죠.

넷째, 급하지도 않고 그다지 중요하지도 않은 일입니다.

보통 습관화되어 무의식적으로 하는 일들로

드라마 챙겨 보기나 온라인 쇼핑 등입니다.

이렇게 일을 구분한 다음 노트에 써놓고 읽어보세요.

곧바로 우선순위가 잡힐 겁니다.

급한 일인가 아닌가,

중요한 일인가 아닌가는

나의 마음에 달려 있습니다.

급한 일과 중요한 일을 정의하는 것은 내 의지이며,

오롯이 나의 몫입니다.

Yesterday

영국 리버풀 출신의 청년 네 명이 모여 일을 벌였다. 전 세계 팝음악을 평정한 것이다. 바로 전설적인 그룹 비틀즈The Beatles, 1960~1970의 이야기다. 그들은 당대뿐 아니라 지금까지도 회자되는 수많은 명곡들을 남겼는데, 그중 '예스터데이Yesterday'는 모르는 사람이 없을 만큼 유명하다.

이 곡은 존 레논John Lennon, 1940~1980이 작사하고 폴 매카트니Paul McCartney, 1942~가 작곡한 아름다운 발라드로서 비틀즈의 최대 걸작 중 하나로 손꼽힌다. 수많은 뮤지션들에 의해 리메이크되었고, 파퓰러뮤직 사상 최고의 레코딩 기록을 보유한 곡으로도 유명하다.

영국 옥스퍼드 대학교의 초대를 받고 연주 콘티에 대한 고민을 하다가 전화를 걸어 어떤 곡을 연주하는 게 좋을지 물었다. 그랬더니 "비틀즈의 곡을 한 곡 정도 꼭 연주해주길 바란다"는 답이 돌아왔다. 옥스퍼드 대학교 '보이스 프롬 옥스퍼드Voice from Oxford'의 지원을 받아 고풍스럽고 운치 있는 옥스퍼드를 배경으로 뮤직비디오를 제작했던 곡이다.

QR코드를 스캔하면 불후의 명곡 〈Yesterday〉를 강기만의 연주로 감상할 수 있습니다.

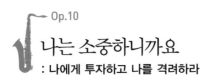

나는 소중하니까요

: 나에게 투자하고 나를 격려하라

사랑을 듬뿍 받고 자란 사람은

그렇지 못한 사람에 비해

사랑할 수 있는 소양이 더 많다고 합니다.

행복한 사람이 남에게 행복을 전해줄 수 있는 것처럼요.

마찬가지로 칭찬을 많이 받아본 사람이

타인을 칭찬하는 데 너그럽습니다.

맛있는 음식을 먹어본 사람이 음식을 잘하고

돈도 써본 사람이 잘 쓰는 것처럼 말입니다.

또 내 마음이 감사와 기쁨으로 충만하고 풍성해야

타인에게 좋은 기운을 전달할 수 있지요.

불행한 삶을 살고 있는 사람이 행복에 대해 이야기한다면

과연 듣는 이의 마음을 움직일 수 있을까요?

돈을 많이 벌겠다는 욕심 때문에 갖은 고생을 다하다가

결국 건강까지 잃어버린 사람이 적지 않습니다.

비교해보면 정말 많이 가지고 있는데도

조금이라도 더 갖기 위해

쳇바퀴에서 나올 생각을 하지 못합니다.

10년 후 20년 후의 안락한 미래를 꿈꾸면서

그들은 오늘의 행복을 저당 잡힙니다.

미래의 희망에 사로잡혀

불행하고 힘겨운 오늘을 참고 견디는 거예요.

자신이 목표한 바를 이루기 위해 절제하고 인내하는 건

좋은 습관입니다.

그러나 이런 노력들만 과도하게 진행된다면,

그래서 오늘의 의미가 내일을 위해서만 존재한다면,

과연 그 사람의 일상이 가치 있다고 말할 수 있을까요?

"지금보다 돈을 많이 벌면 꼭 기부할게요"라고
다짐하는 사람들은 결코 마음 편히 기부하지 못합니다.
아니, 더 많이 벌어도 기부하지 않을 확률이 큽니다.
'더 많이'란 말 자체가
끝을 볼 수 없는 무한 비교이기 때문이죠.

저는 산책을 즐깁니다.
아내와 함께 매일 두세 시간씩 산책하면서
머리를 비우고 복잡한 상념을 정리합니다.
저에겐 이 시간이 하루 중 가장 즐겁고 쾌적합니다.
주로 관악산 둘레길을 걸으며 아내와 대화를 나누는데요.
색소폰 연주자로서 명성을 얻자 오라는 곳도 많아졌고
가야 할 곳도 적지 않게 되었지만
아내와 함께하는 이 산책만큼은 결코 포기하지 않습니다.
아내랑 단 둘이서 가볍게 걸으면서 맑은 공기를 마시고,
잡담을 나누고,
때로는 진지한 이야기를 주고받고,
자유롭게 상상과 웃음을 펼치는 그 시간이
제겐 너무도 소중하니까요.

저는 페이스북이나 카카오스토리에 보이는 모습과 달리
매우 소박하게 살고 있습니다.
연주자인 탓에 거의 매일 크고 작은 모임에 초대 받지만
연주 계획을 세울 때조차 저는
철저하게 나를 중심에 놓고 일정을 짭니다.

마음이 원하는 곳에 가고,
만나고 싶은 사람을 만나고,
가고 싶은 모임을 선택합니다.

물론 처음에는 저도 여기저기 끌려 다녔습니다.
그러다 어느 순간
'이건 내 삶이 아니다'라는 생각이 들더군요.
그 이후로는 철저하게
나의 라이프스타일과 패턴을 중시합니다.

타인이 나에게 원하는 라이프가 아니라
내가 주도적으로 살고 싶은 삶을 살아가면서
저는 진정한 행복을 느낍니다.
그럴 때 기쁨으로 충만합니다.

그러다 보니 남들의 마음도 더 잘 헤아리게 되더군요.
내가 하고 싶은 게 있고 살고 싶은 방향이 있는 것처럼,
타인에게도 나와 같은 욕구가 있음을 인정하게 되고
이를 존중하게 되었기 때문이죠.
"(본인이) 대접 받고 싶은 대로 (남을) 대접하라"는
진리를 깨달은 것입니다.

여러분이 진정으로 원하는 일을 하세요.
원하는 삶을 살아요.
시간이든 돈이든 정성이든,
여러분 자신에게 가장 먼저, 가장 많이 투자하세요.
세상에 단 하나뿐인
소중한 여러분을 발견하는 지름길입니다.

月亮代表我的心

'월량대표아적심月亮代表我的心'은 "중국의 낮은 등소평이 지배하고, 밤은 등려군이 지배한다"는 말이 있을 정도로 중국뿐 아니라 아시아권에서 강력한 영향력을 가졌던 여인, 한때 영화배우 성룡의 여자 친구였던 등려군이 부른 곡이다. 장만옥과 여명의 열연이 돋보였던 영화 〈첨밀밀甛蜜蜜〉에 삽입되면서 유명세를 탔다.

영화에서 두 개의 곡이 히트를 기록했는데, 하나는 영화 제목과 같은 '첨밀밀달콤하다'이고, 다른 하나가 '월량대표아적심달빛이 내 마음을 대신하네'이다. 이 곡은 장국영이 리메이크하면서 한 번 더 대중의 주목을 받았고, 이후 중국에서 모르는 사람이 없을 만큼 널리 퍼져 국민가요가 되었다.

매년 10월 중국에서 개최되는 상해 악기 박람회에 참석해서 세계적인 연주자들과 교류해보면, '월량대표아적심'을 연주하는 연주자들이 많이 있음을 알게 된다. 중국인들 앞에서 한국인인 내가 '월량대표아적심'을 연주하면 참석한 모든 사람이 가사를 따라 부르는 진귀한 광경을 경험하게 된다.

QR코드를 스캔하면 강기만의 연주로 〈월량대표아적심〉을 감상할 수 있습니다.

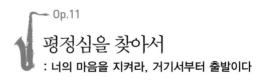

Op.11

평정심을 찾아서
: 너의 마음을 지켜라, 거기서부터 출발이다

색소폰랜드를 운영하면서 자주 느꼈던 점이 있습니다.

사람이 여럿 모이면 문제가 생기게 마련이고,

문제를 해결하다 보면

인간은 보다 지혜롭고 견고해진다는 것입니다.

색소폰랜드는 전국에 70개 지부를 두고 있습니다.

각 지부에서 한 달에 한 번만 문제를 일으켜도

저로서는 하루 평균 두 가지 이상의 복잡한 일에

부딪히게 되는 셈입니다.

대표로서 이슈를 해결하기 위해 노력하고,

양측의 이야기를 들으며 중재도 하고,

상대방 상황에 감정을 이입하여 가슴을 앓기도 합니다.

'다름'을 '틀림'으로 받아들이는 사람들의 충돌에 대해

조직의 대표로서 의견을 표시하고,

'낄 때와 빠질 때'를 구분하여

현명하게 처신하려 노력합니다.

색소폰랜드는 빠른 속도로 성장하면서

국내에 색소폰 문화를 정착시키는 플랫폼 역할을

톡톡히 해냈습니다.

그 와중에 온갖 루머가 나돌아 고통스러운 적도 많았고,

예상 밖으로 불거진 모함과 질시 嫉視도 견뎌내야 했지요.

"강 대표가 돈 때문에 사람을 배신했다"고

거짓 소문을 내는 사람도 있었고,

오랫동안 쌓아왔던 신뢰를 허망하게 무너뜨리는 사람도

적지 않았습니다.

전후 사정도 모르면서 루머에 동조하거나

사람들을 선동하여 피곤하게 하는 세력들과

전투 아닌 전투를 치르다 보니
저는 이제 어떤 상황에서도 침착함을 잃지 않고
차분히 대처할 수 있는 내공을 쌓게 되었습니다.
노련하게 된 것이지요.

고통 없는 성장이 없는 것처럼
저 역시 색소폰랜드를 운영하면서
시간과 함께 맷집이 세어졌고,
보다 넓은 시야를 확보하게 되었습니다.
난관 극복을 통해
'더 나은 나'로 재탄생한 것입니다.

문제에 직면했을 때
이를 담대하게 이겨내면서 뚫고 나갈 수 있었던
근본적인 에너지는 '평정심 유지'에 있습니다.
흔히 '초심'이라거나 '평정심'을 곧잘 언급하지만
이것만큼 지키기 어려운 것도 없어요.
특히 조직에서 어느 정도라도 권력을 장악하게 되면
애초의 결심이 무너지는 모습을 종종 목도하지요.
저는 이런 상황을 십분 짐작하고 있었기에

그 누구든 마음대로 권력을 휘두를 수 없도록
단단한 견제 장치를 만들어놓았습니다.

물론 견제 세력이 너무 강하면
마음대로 할 수 없는 게 많아져서 힘들 때도 있습니다.
하지만
모든 것을 어느 한 사람의 뜻대로만 하게 되면
조직은 금방 고인물이 되고
그 자체로 썩어버릴 수 있기에
무엇보다 조직의 균형감을 위해 결단한 것입니다.

일보다 힘든 건 사람입니다.
어느 조직이든 마찬가지예요.
버거운 일이야 배우고 익히고 숙달하면
언젠가는 기어이 해낼 수 있지만,
나를 힘들게 하는 사람은 극복하기 힘듭니다.
'저 사람이랑 일하느니 차라리 회사를 그만두겠어'라고
생각하는 배경입니다.

결국 멘탈의 문제입니다.

멘탈은 아무리 훈련하고 조심해도

어느 순간 깨지는 유리와 같습니다.

뾰족한 바늘 끝에 터져버리는 풍선과 같고,

사소한 충격에 갈라지는 빙판과 같습니다.

한 순간에 멘탈이 붕괴되는 과오를 범하지 않으려면

매사 초심을 잃지 말고

평정심을 견지堅持해야 합니다.

나를 힘들게 만드는 상황이나 사람들에게 상처를 입으면

세상이 싫어지게 마련이지요.

자연스레 정情도 떨어집니다.

그러나 이럴 때일수록

너무 심한 표현은 삼가는 것이 좋습니다.

사람의 일이란 언제 어떻게 변할지 모르잖아요?

인생은 롤러코스터 같아서

오를 때가 있으면 내려갈 때가 있고,

가까워질 때가 있으면 멀어질 때도 있는 법입니다.

어떤 사람의 행동과 말이 이해되지 않고

그가 하는 행동 모두가 싫어진다고 해도

돌아갈 수 없을 정도로 상황을 몰고 가면 안 됩니다.

심하게 분노를 드러내서도 안 됩니다.

아무리 극복하기 힘든 순간이라고 해도

시간이 지나면

차츰 해결되게 마련이고,

훗날 '별것 아닌 문제로 내가 왜 그렇게까지 했나'

하고 후회하게 되는 경우도 있기 때문입니다.

'난로의 법칙'은 그런 의미에서

마음의 중심을 잡는 데 매우 유용합니다.

지나치게 가까워지면 불에 데고,

너무 거리를 두면 춥고 외롭지요.

따라서 너무 가까이해도 안 되고,

너무 멀리해도 안 됩니다.

다만 '독불장군은 없다'는 마음 자세로

더불어 사는 법을 배워야 합니다.

그리고 내가 실수할 수 있는 것처럼

남도 실수할 수 있다는 것을 받아들이세요.

/ 평정심을 찾아서

미움을 키우지 말고
상대방의 실수에 대해 너그러워지세요.
흔히 '저 사람, 대체 왜 저것밖에 안 돼?' 하면서
본인이 하면 훨씬 잘할 것 같다고 오해하지만,
실제로 그 상황에 처하면 그러지 못합니다.
'내가 더 낫겠다'는 것은 대개
착각이나 짐작에 지나지 않습니다.

상황이 어떻든지
마음을 지키고 다스려서
평정심을 잃지 않도록 노력합시다.
어려운 문제에 직면하더라도
마음을 다스리며
깊은 바다처럼 요동하지 않는 멘탈을
만드는 데 최선을 다해보세요.
"무릇 지킬 만한 것보다 더욱 네 마음을 지키라.
생명의 근원이 이에서 남이니라"
하는 말씀도 있지 않습니까?

악한 세력이 나의 마음을 공격할 때

나를 잘 지키고,

내 속사람이 불안해하지 않도록

스스로를 다스리세요.

평정심 유지와 마음의 평화,

여러분의 삶을 지켜주는 중요한 기둥입니다.

진정으로 원하는 일을 하세요.
시간이든 돈이든 정성이든, 여러분 자신에게 가장 먼저, 가장 많이 투자하세요.

Let It Go _영화 〈겨울왕국〉 OST

'렛잇고 Let It Go'는 전 세계적으로 히트를 친 영화 〈겨울왕국 Frozen〉의 OST로 너무도 유명하다. 이 곡을 들으면서 '색소폰으로 연주하면 어떤 느낌이 날까' 궁금해졌다. 그래서 호기심 반 직업의식 반으로 편곡하고 반주를 만들어 무대에 올렸다. 연주 당시 아이들부터 어른까지 모든 관객이 후렴부분의 'Let It Go'를 따라 부르며 동심으로 돌아간 듯한 모습을 보여주어 정말 즐거웠다.

그 뒤 엘사가 부른 렛잇고 뮤직비디오를 편집해서 색소폰 연주에 맞게 수정해 반주를 입히고, 볼거리를 더욱 풍성하게 준비해서 색소폰 연주와 함께 연출했다. 제법 근사한 분위기가 만들어졌다. 아이들을 위한 레퍼토리와 겨울 시즌에 맞는 연주곡이 무엇일까, 고민했던 결과로 나온 작업이었다.

QR코드를 스캔하면 강기만의 연주로 〈Let It Go〉를 감상할 수 있습니다.

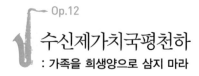

수신제가치국평천하
: 가족을 희생양으로 삼지 마라

내가 위대해지는 일을 하는 것보다

나를 바라보는 가족의 행복과 웃음이 우선입니다.

밖에서는 대단한 일을 하지만

집안에서 늘 싸우고 불행하다면

그 사람의 삶은 지옥이나 다를 바 없습니다.

성경에도 교회에 와서 예배를 드리기 전에

먼저 화해하고, 맺힌 것을 풀고,

관계를 회복하라는 이야기가 나옵니다.

불편한 마음으로 예배드리지 말라는 뜻이지요.

'수신제가 치국평천하修身齊家 治國平天下'는
인간이 해야 할 일의 순서를 확실히 보여주는
가장 적절한 표현입니다.

먼저 자신의 마음을 닦아 수양하고,
즉 자신의 몸을 바르게 가다듬은 후,
집안을 가지런히 하고 가정을 돌보며,
이 모든 것이 되었을 때
나라를 다스리고 천하를 평하고 경영해야 한다는 뜻이죠.

천하를 다스리고자平天下 한 사람은
먼저 그 나라를 다스렸으며治國,
그 나라를 다스리고자 한 사람은
먼저 그 집을 다스렸고齊家,
그 집을 다스리고자 한 사람은
먼저 그 몸을 다스렸습니다修身.

사물의 본질을 꿰뚫어야 알게 되고
알게 되면 성실해진다.
성실해지면 마음이 바르게 되고

그 후에 몸이 닦인다.

몸이 닦인 후 집안이 바르게 되며

집안이 바로서야 나라가 다스려진다.

나라가 다스려져야 천하가 태평해진다.

—《대학》

모든 일이 가정의 화목에서 비롯됨을

이보다 더 극명하게 보여주는 말은 없는 것 같습니다.

가정의 화목은 가족을 지켜주는 근본이며 핵심인데요.

《명심보감明心寶鑑》에도

"자식이 효도하면 양친이 즐거워하고,

가정이 화목하면 만사가 이루어진다"는 말이 나옵니다.

'효백행지본孝百行之本'이라 하여

효를 모든 행실의 근본으로 보는 이치도 이와 같습니다.

따라서 타인에게 뭔가 보여주기 위해

가정의 불행을 감수하는 것은 어리석기 그지없습니다.

남에게 뭔가를 내세우기 위해,

자랑하기 위해,

자신의 욕망을 실현하기 위해,

나와 가장 가까운 사람, 곧 나의 가족을
희생양으로 삼아서는 안 됩니다.

가정에는 늘 웃음이 넘쳐야 해요.
웃음이 넘치면
모든 어려움은 웃음과 함께 담을 넘게 마련입니다.
실제로 웃음이 사라진 가정은
건강하지 못한 가정이라 할 수 있습니다.
오죽하면
"웃음소리가 나는 집은 행복이 와서 들여다보고,
고함소리가 나는 집은 불행이 와서 들여다본다"고
했을까요?

말은 생각의 발현發顯입니다.
긍정적이고 행복한 말은
긍정적이고 행복한 생각에서 비롯됩니다.
속에 있는 것은 언젠가 겉으로 나오게 마련이기에
우리 마음에 고운 생각을 담아야 하고,
말하는 대로 일이 풀리거나 꼬이기에
언제나 긍정적으로 표현할 수 있어야 합니다.

또한 언변에 신중함을 지녀야

후회할 일이 조금이나마 줄어들게 됩니다.

말이 씨가 되는 이유,

우리가 평소에 하는 말들이

우리 인생을 지배하게 되는 이유들이죠.

여러분의 오늘은

어제 한 말의 열매일 수 있고,

오늘 여러분이 하는 말로

내일이 달라질 수 있습니다.

생각과 말과 행동은 시간 차이만 두고 나타날 뿐

근본은 하나임을 명심해야 합니다.

말에는 형체가 없지만

잘못 사용하면 독이 됩니다.

삶의 의지를 꺾기도 하고,

칼보다 깊고 아픈 상처를 낼 수 있으며,

사람을 병들게 하지요.

그러나 잘 사용하면 사람을 살리고,

기운을 북돋아주며,

영<ruby>靈</ruby>을 일깨워줍니다.

마음과 행실을 바르게 하고

자신을 수양한 후 더 큰 일을 도모해야 합니다.

자기 자신 하나 제대로 관리하지 못하면서

무언가 큰일을 하겠다고 덤비는 사람은

가장 어리석고 위험한 자입니다.

○ ●

행복이 눈앞에 있는데도 알지 못하고 먼 곳에서 행복을 찾는 것은 어리석은 일입니다.

삶은 언제나 현재진행형이니까요.

Let's Twist Again

트위스트 열풍의 주역인 **처비 체커**Chubby Checker, 1941~**가 부른 곡으로**, 이 곡에 맞춰 트위스트를 안 춰본 사람이 없을 정도로 트위스트 하면 제일 먼저 떠오르는 곡이다.

즐겁고 흥겨운 분위기를 유지하면서 관객들이 춤을 추게 만드는 방법을 고민하다 '렛츠 트위스트 어게인Let's Twist Again'을 편곡해서 댄스팀과 함께 무대에서 안무를 만들어 연주해보았다. 관객의 반응은 기대 이상이었다. 누가 먼저라 할 것도 없이 연주를 듣다가 벌떡 일어나서 트위스트를 추었는데, 그 모습이 마치 물 흐르듯 자연스러워 공연 분위기가 한껏 달아올랐다. 곡을 연주할 때, 내가 연주하는 것보다 관객들의 반응과 돌발 행동이 더 궁금해지는 흥미로운 곡이다.

QR코드를 스캔하면 강기만의 연주로 〈Let's Twist Again〉을 감상할 수 있습니다.

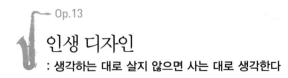

인생 디자인

: 생각하는 대로 살지 않으면 사는 대로 생각한다

삶의 원리는 간단합니다.

자신이 꿈꾸는 가장 멋진 삶을 위해

나와 나의 일상을 디자인하고,

그 그림대로 하루하루 사는 것입니다.

근사하게 보이는 삶,

나도 따라 하고 싶은 삶,

멋있고 좋아 보이는 삶이 있다면

차근차근 따라 하면서 도전해보세요.

망설이지 말고 바로 시작하세요.

꾸준히 실행하세요.

그러면 꿈꾸었던 인생을 내 것으로 만들 수 있습니다.

제가 색소폰을 시작한 이유는 단순합니다.

멋있어 보였기 때문이에요.

공연장의 은은한 불빛 아래 반짝이는 색소폰,

그것을 연주하고 있는 내 모습.

이런 상상을 하는 것만으로도 기분이 날아갈 것 같았지요.

그래서 처음에는 취미로 시작했고,

이왕 시작한 거 열심히 해보자 생각했던 일이

그만 직업이 되어버렸습니다.

'어느 날 아침 일어나 보니

색소포니스트 강기만이 되어 있었다'인 셈이지요.

제겐 물에 빠져 허우적댄 경험이 있어요.

그래서 물을 두려워하는 마음을 극복하고자

수영을 배웠습니다.

활 쏘는 모습이 너무 멋있어 보여 국궁國弓을 배웠고,

말 타는 모습이 좋아 보여 승마를 배웠습니다.

색소폰 학원을 운영하면
경제적으로 한결 여유로워진다는 것을 잘 알지만
얽매여 살기 싫어서 학원을 운영하지 않습니다.
라이브카페에서 연주하는 것도 성향에 맞지 않아
요청이 와도 대개 거절합니다.
즉 돈을 많이 벌 수 있는 방법이 있어도
내가 원하는 삶을 완성해나가는 데 도움이 되지 않으면
저는 가급적 선택하지 않습니다.
약간의 부족함은 오히려 저를 더 성실하게 만들어줍니다.

저는 유니크한 솔로 연주자가 되고 싶었기에
색소폰 앙상블 연주를 하지 않습니다.
지휘자가 멋있어 보였다면
늦게라도 지휘를 배워 그 길로 나갔겠지만,
저는 여전히 무대에서 홀로 연주하는
지금 제 모습이 더 좋습니다.

팀을 꾸려 활동하면 좋은 점도 분명 있지만
유지하기도 복잡하고 돌발 상황이 발생할 수 있으므로
저는 아직도 솔리스트를 고수하고 있습니다.

틀에 박힌 생활을 하고 싶지 않기에
행동이 자유로울 수 있는 한도 내에서만 선택합니다.

마음에 딱 드는 옷을 고르듯
아주 사소한 선택이라도
나에게 잘 어울리는 라이프를 입는 것인데요.
내가 좋아하는 일을 하면서 경제생활을 하고,
넓은 세상도 보고,
시공간의 자유를 누릴 수 있도록
저는 제 삶을 매우 구체적으로 디자인합니다.

'지금 이 순간의 행복'에 더 집중하고,
내가 만나고 싶은 사람을 더 자주 만납니다.
물론 만남에 스트레스를 받고 싶지 않기에,
그가 누구든
내 돈과 시간을 써도 아깝지 않을 사람을
만납니다.

이 모든 게
생각하는 대로 살기 위해 노력하는 라이프스타일의

구성 요소들입니다.

물론 저 역시 처음부터 이렇게 살진 못했어요.

크고 작은 유혹에 흔들린 적도 많았고,

원칙을 내려놓거나 포기하고 싶었던 순간도

적지 않았습니다.

그러나 내가 원하는 삶을 스스로 디자인하고,

그 디자인을 완성하기 위해 꾸준히 시도하고,

어려움이 닥쳐도 쉽사리 노선을 변경하지 않았기에

'지금 이 순간의 강기만'이 존재할 수 있습니다.

지금 나의 모습은

과거의 내가 상상하고 바랐던 것이고,

나의 미래는

지금 내가 상상하고 바라는 그 모습이 될 것입니다.

인생은 결국 선택과 결단의 총합總合이니까요.

생각대로 살지 않으면

사는 대로 생각하게 되는 사람이 되기 쉽습니다.

그런데 한 번 그 늪에 빠지면

아무리 노력해도 헤어 나오기가 어려워요.

따라서 우리는 늘 첫 목표를 상기하고,
행여 사는 대로 생각하고 있지 않은지
자신을 점검해야 합니다.

신념과 의지를 잃지 않고 목표를 향해 달려가다 보면
마침내 꿈을 이루고
감동적인 인생 스토리를 만들어낼 수 있습니다.
"돈을 벌어야 하기에 어쩔 수 없었다",
"가족 때문에 어쩔 수 없었다"고 하지 마세요.
"나는 변할 수 없는 사람이다",
"나는 이미 너무 늦었다",
"이번 생은 안 되겠다"라고 섣불리 이야기하지 마세요.
실패의 구실을 만들고 핑계를 대는 것은 쉽습니다.
하지만 그러다 보면
인생이 나의 의지를 떠나 흘러가게 되지요.

인생 디자인의 철칙은
'하루를 소중하게 살라'는 것입니다.
흔히 아침에 일어나는 것을 당연하게 여기지만,
어제와 다름없이 건강한 모습으로 눈을 뜨는 것 자체가

이미 커다란 축복이에요.

하루하루가 나에게 주어진 최고의 선물이라는 뜻입니다.

따라서 1년을 의미 있게 살겠다고

새해 벽두마다 일기장을 앞에 놓고 다짐하는 것보다

오늘 하루를 의미 있는 시간으로 채우겠다는

이른 새벽의 인식이 더 절실합니다.

특히 가치 있는 삶을 살고 싶은 사람이라면

생각하는 대로 살아야 합니다.

팁을 드릴게요.

앞만 보고 뛰어가지 마세요.

하늘의 새도 바라보고,

들판에 피어난 꽃의 향기도 맡아보고,

내 옆자리의 친구 모습도 바라보세요.

뒤에서 힘겹게 따라오는 이들에게

걸음을 멈추고 손을 내밀어보세요.

윌리엄 와일러William Wyler, 1902~1981 감독의 영화

〈로마의 휴일Roman Holiday〉로 아카데미 여우주연상을 수상한

오드리 헵번Audrey Hepburn, 1929~1993의 삶을 떠올려봅니다.
〈티파니에서 아침을Breakfast at Tiffany's〉,
〈샤레이드Charade〉 등에서 주연을 맡으며
수많은 명작을 탄생시켰던 명품 배우죠.

그녀는 어느 날 돌연히 은퇴를 선언하고
유니세프UNICEF의 친선대사가 되었습니다.
소외된 어린이와 이웃을 위해 남은 인생을 바쳤지요.
그녀가 63세에 대장암으로 세상을 떠나기 1년 전
두 아이에게 남긴 한 편의 감동적인 시는
우리에게 시사示唆하는 바가 매우 큽니다.

아름다운 입술을 갖고 싶다면
친절한 말을 하라.
사랑스러운 눈을 갖고 싶다면
사람들의 장점을 봐라.
날씬한 몸매를 갖고 싶다면
굶주린 사람과 음식을 나누어라.
아름다운 머릿결을 갖고 싶다면
하루에 한 번 어린아이가 너의 머리를 쓰다듬게 하라.

/ 인생 디자인

우아한 자태를 갖고 싶다면

네 자신이 혼자 걷고 있지 않음을 명심하며 걸어라.

기억해라,

만약 도움을 주는 손이 필요하다면

너의 팔 끝에 있는 손을 이용하면 된다.

네가 더 나이가 들면

손이 두 개라는 것을 발견하게 될 것이다.

한 손은 너 자신을 돕는 손이고

다른 한 손은 다른 사람을 돕는 손이다.

여성의 아름다움은 외모가 아니라

영혼에 내재되어 있는 아름다움,

사랑으로 베푸는 보살핌과 열정에 있다.

이러한 여성의 아름다움은

세월의 흐름에 따라 깊어질 것입니다.

외모뿐 아니라 내면이 더 아름다웠던 오드리 헵번,

진정한 스타인 그녀가 그립습니다.

Autumn Leaves

재즈 스탠다드를 대표하는 곡이다. 예술대학에 입학하면서 연주하고, 학교 다니는 동안 블루스^{Blues}와 함께 가장 많이 연주하는 곡으로, 코드 진행의 흐름이 투파이브원^{Two-Five-One:코드 진행 시 2도, 5도, 1도가 연속으로 나오는 것}으로 이루어져 있기에 즉흥 연주를 공부하는 학생들과 연주자들에게 교과서와 같은 곡이다. 또한 무한대로 즉흥 연주 패턴을 적용해볼 수 있는 곡이기도 하다.

이 곡을 연주했던 대가들의 표현 방식을 분석하는 것만으로도 재즈의 역사를 이해하는 데 큰 도움이 되는데, 이는 그만큼 이 곡이 재즈 뮤지션들이 마스터해야 할 필수 과정이라는 뜻이다.

언젠가 영화감독과 배우들 앞에서 연주할 기회가 있었다. 감독 중 한 분이 "강교수님, 가을이니까 분위기에 어울리게 어텀 리브스^{Autumn Leaves}를 연주해주실래요?" 하고 요청했다. 악보는 없었지만 학교에 다닐 때 셀 수 없이 연주했던 곡이기에 자신 있었다. 하지만 반주도 없고, 몇 년간 연주하지 않았던 곡을 연주했다가 실수하면 그 이미지가 오래 남을 터이기에 정중하게 양해를 구하고 맛보기 연주만 했던 기억이 난다.

QR코드를 스캔하면 쳇 베이커와 폴 데스몬드의 연주로 〈Autumn Leaves〉를 감상할 수 있습니다.

Op.14

독을 담은 그릇
: 좋은 일은 돌판에 새기고, 나쁜 일은 모래에 기록하라

은혜는 반드시 기억하고,

좋지 않은 일은 잊어버려야 합니다.

거꾸로 되면 곤란합니다.

정말 의지했던 사람에게 배신당한 적이 있어요.

뼈가 시릴 정도로 가슴이 아팠습니다.

존재 자체가 무너졌지요.

어찌나 통렬했던지

아무리 지우려고 해도 쉽사리 지워지지 않았습니다.

아픈 기억은 어느새 저 바닥으로 내려가

마음 깊은 곳에 똬리를 틀었고,

그곳으로부터 상처의 싹이 자라기 시작했습니다.

그러더니 어느 순간 잎이 무성해졌어요.

점점 더 마음이 힘들었지요.

괴로움에 지친 끝에 저는

상처 준 그 사람을 용서하기로 했습니다.

아니, 용서하기보다 미워하지 않기로 했다는 표현이

더 적절하겠네요.

얼마 후

제 편에서 먼저 전화해 안부를 묻고

가벼운 대화를 나눴습니다.

여전히 불편했지만 비로소 깊은 숨이 쉬어졌지요.

이후 놀라운 변화가 일어났습니다.

그때부터 좋지 않은 기억이 떠오르지 않는 거예요.

미움을 거두고 분한 마음을 품지 않았더니,

비로소 잊히기 시작한 겁니다.

생각하기도 싫고 말도 섞기 싫었는데,

한 번 마음을 바꾸고 나니

거짓말처럼 마음에 평화가 찾아왔습니다.

그렇습니다.

미워하는 마음은 속사람을 병들게 합니다.

미워하는 마음이 오래가면 자괴감이 들게 마련이고,

용서하지 못하는 속 좁음에 스스로 실망하게 되지요.

화를 내고, 좋지 않은 마음을 간직하면,

결국 나만 손해를 입습니다.

상처를 준 사람은 나만큼 아파하지 않기에

내 속만 불편해집니다.

그 후로 저는

수없이 반복되는 아픔으로부터 자유로워졌습니다.

나쁜 기억을 담아두지 않으려는 노력은

정말 훌륭한 선택이었습니다.

치부책을 적어서 자료를 남기고,

문자를 캡처하고,

통화를 녹음했던 그 모든 기록을

내 기억에서 지워버린 순간 몸도 마음도 가벼워졌습니다.

따뜻한 공기로 가득 찬 열기구가 된 것 같았지요.

저는 이제 행복한 기억만 소장하고 싶습니다.
은혜 입은 사람들을 오래도록 기억하며,
그들에게 되갚아야 할 고마움을 잊지 않고,
좋은 사람들에게 의리를 지키며 살고 싶습니다.

사람에게 줄 수 있는 가장 큰 선물은
'변함없는 마음'일 겁니다.
차갑고 질긴 복수심이 아니라
오래가고 향기로운 보은報恩의 마음일 겁니다.
실제로도 은혜를 갚기 위해 살아가는 삶이 멋지잖아요?

좋지 않은 기억을 버리지 못해 가슴 아파하며 살기보다
가슴 뭉클한 감동의 순간을 간직하고,
또 한편으로
받았기에 기꺼이 나눠줄 수 있는
여유로운 마음을 잃지 않고 산다면,
얼마나 즐거울까요?

저는 신에게 받은 선물 같은 날들을 감사히 여기며
살아가고 싶습니다.
거칠게 살기보다 부드러운 대화를 나누면서
온유하게 살고 싶습니다.

독毒이 담긴 그릇은 스스로 부식腐蝕하게 마련입니다.
눈치 채지 못하는 사이 자신이 먼저 상하지요.
마음이 먼저 상하고,
뒤이어 몸도 상합니다.
미워하고 원망하고 용서하지 못하면서
내 인생을 '복수혈전'으로 만들 필요가 있을까요?
사랑하고 살기에도 바쁜 인생인데 말입니다.

이제 우리,
좋은 것만 생각하고 행복한 기억만 떠올립시다.
"은혜는 돌판에 새기고
좋지 않은 일은 모래에 기록하자."
몇 번을 곱씹어도 질리지 않는 명언입니다.

Billie's Bounce

비밥 재즈를 탄생시켰던 알토 색소폰 연주자 찰리 파커^{Charlie Parker, 1920~1955}의 대표적인 곡이다. '빌리스 바운스^{Billie's Bounce}'는 'Now's the Time'과 함께 재즈의 블루스를 대표하는 곡이다.

찰리 파커는 머릿속으로 상상하는 멜로디를 즉흥적으로 연주해내는 특별한 능력의 소유자였는데, 자유롭고 호방하게 새가 하늘을 날듯 연주한다고 하여 '버드^{Bird}'라는 애칭으로 더 많이 불렸다. 찰리 파커가 연주한 즉흥 연주 모음집인 《찰리 파커 옴니북^{Charlie Parker Omnibook}》은 재즈를 공부하는 뮤지션들이 반드시 공부해야 하는 중요 서적이다.

색소폰 연주자의 즉흥 연주를 색소폰뿐 아니라 피아노, 콘트라베이스, 기타, 트럼펫, 트럼본, 베이스기타, 비브라폰 등 전 세계 음악대학에서 악기를 다루는 사람들이 분석하고 카피해야 하는 필독서일 정도로 찰리 파커는 재즈 역사에 막대한 영향을 끼쳤다.

QR코드를 스캔하면 찰리 파커의 연주로 〈Billie's Bounce〉를 감상할 수 있습니다.

봄꽃의 설렘보다 곱게 물든 가을 단풍

: 끝이 좋아야 모든 게 좋다

좋은 인연으로 시작해도 끝이 좋지 못하다면

결국 악연이 됩니다.

활시위를 떠난 화살처럼 빠른 인생의 여정에서

우리는 많은 사람을 만납니다.

그중에는

좋은 인연으로 만나서

좋은 끝을 맺는 사람도 있고,

좋은 인연으로 시작했다가

나쁜 끝을 맺는 사람도 있어요.

지금은 만나지 않는 사람,

연락이 끊긴 사람,

수첩이나 휴대폰에서 이름이 지워진 사람도 제법 됩니다.

이름은 남아 있지만 궁금하지 않은 사람도 있고요.

인생은 짧습니다.

그러기에 더더욱 정당한 곳에 노력과 실력을

쏟아야 하고,

진정한 인연과 스쳐가는 인연을

구별할 줄 알아야 합니다.

저는,

진실하지 않은 사람이나

앞뒤가 다른 사람에게는

정성을 들일 필요가 없다고 생각합니다.

사람들은 흔히

'모든 사람에게 좋은 사람'이 '정말 좋은 사람'이라고

생각합니다.

대개 "그 사람 정말 좋은 사람이에요"라는 평을

받고 싶어 합니다.

/ 봄꽃의 설렘보다 곱게 물든 가을 단풍

정말 그럴까요?

모든 사람에게 좋은 사람이 존재할까요?

어떤 한 사람이

모든 사람에게 좋은 사람일 수 있을까요?

아니요, 불가능합니다.

그럴 수도 없고 그럴 필요도 없습니다.

나와 관계를 맺고 있는 사람에게 좋은 사람이 되는 게

먼저입니다.

나의 가족, 나의 친구, 나의 동료들에게 먼저

좋은 사람이 되어야 합니다.

그게 먼저입니다.

인간관계에 연연해하면서

이것저것 많은 인연을 지으려고 애쓰지 마세요.

인연이 아닌 인연은

아무리 붙잡으려고 해도 떠나게 마련입니다.

이럴 때 너무 가슴 아파하지 말고

받아들이고 인정하세요.

좋은 인연을 구별하고,

이를 잘 유지해서 귀한 인연으로 만들어가는 것은

능력이자 복입니다.

그러나 나만 잘한다고 되는 것은 아닙니다.

물 흐르듯 순조롭게 이어지도록 욕심을 내려놓고,

진실한 마음을 유지해야 합니다.

또한 함부로 인연을 만들지 말고

이미 맺은 인연이 있다면

어느 것이든 소중히 여겨야 합니다.

고독할 때 전화하여

마음 깊은 곳의 이야기를 나눌 친구가 있나요?

이런 친구 한 명만 있어도

여러분은 아름다운 인생을 산 것입니다.

헤프게 인연을 맺지 말고,

어설픈 인연을 맺지 마세요.

그런 인연이 많아질수록

귀한 사람에게 쏟을 정성이 줄어들 테니까요.

나와 악수하면서 옆 사람을 보는 사람,

가까이 할수록 더욱더 공허해지는 사람,

나의 선함을 이용하는 사람,

시작은 거창하지만 끝이 미약한 사람을 조심하세요.

첫 만남은 하늘이 주는 선물이지만

그다음부터는 온전히 사람의 몫입니다.

노력이 필요하지요.

좋은 관계는 저절로 만들어지지 않습니다.

서로 노력하고,

서로 시간과 정성을 들여야 합니다.

숨막힐 듯 피어난 봄꽃의 설렘보다

가을 낙엽이 주는 차분함과 편안함을 좇으십시오.

예쁘게 물든 단풍이 봄꽃보다 아름다울 수 있듯

나의 인연도 늦가을 단풍처럼 무르익으면 좋겠습니다.

깊고 그윽한 가을 단풍처럼

나의 인생도 후반으로 갈수록 불타오르고 아름다워지면

참 좋겠습니다.

What a Wonderful World

밥 티엘Bob Thiele, 1922~1996과 조지 데이비드 웨이스George David Weiss, 1921~2010가 작곡한 노래로 1967년 루이 암스트롱Louis Armstrong, 1900~1971의 싱글 앨범 〈왓 어 원더풀 월드What a Wonderful World〉에 수록된 곡이다. 희망적이면서도 낭만적인 가사가 루이 암스트롱의 굵고 허스키하면서 매력적인 목소리와 만나 세기의 걸작으로 탄생한 불후의 명곡이다.

루이 암스트롱은 최고의 가수이기 전에 훌륭한 트럼펫 연주자였는데, '입이 큰 녀석'이라는 뜻의 '새첼 마우스Satchel mouth', 줄여서 '새치모Satchmo'로 불리기도 했다. 어렸을 때 장난삼아 권총을 공중에 쏜 이유로 소년원 생활을 하게 되었는데 소년원 브라스 밴드를 통해 우연히 악기를 접한 뒤 출소 이후 재즈의 거장 킹 올리버King Oliver, 1881~1938에게 음악을 배웠다. 그 후 '루이 암스트롱과 핫 파이브'를 결성하여 활동하면서 세계적인 음악가의 반열에 올랐다.

QR코드를 스캔하면 루이 암스트롱이 노래한 〈What a Wonderful World〉를 감상할 수 있습니다.

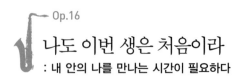

나도 이번 생은 처음이라
: 내 안의 나를 만나는 시간이 필요하다

여러분은 마음이 어지러울 때 어떻게 하나요?

볼륨을 한껏 높여 음악을 듣는 분도 있고,

영화를 보는 분도 있고,

여행을 떠나는 분도 있고,

격렬한 운동을 택하는 분도 있을 겁니다.

술을 한잔하고서 깊은 잠에 빠지는 분도 있을 테지요.

저는 마음이 어지러울 때 '진짜 강기만'을 만나러 갑니다.

마음이 어지러운 근본에는 부산함이 있습니다.

너무 바쁘게 살아가느라 우리는,

너나 할 것 없이,

잠시 멈춤을 실행하지 못합니다.

지나치게 많은 과제,

온갖 약속,

들끓는 욕망 때문에

언제나 시간과 돈과 건강이 부족합니다.

나로 살아가는 것 같은데

정작 '창조 당시의 나'는 없고

밖에서 요구하는 대로 만들어진 '급조된 나,

날조된 나'만 남아 있습니다.

그래서일까요?

늘 분주하지만 허망하고,

뭔가 이룬 것 같지만, 기쁨이 없어요.

이때가 바로

내 마음속의 진정한 나와 만나야 하는 시간입니다.

우선 익숙한 공간에서 벗어나

조용한 장소, 특별한 공간으로

이동하세요.

집 안의 빈 방도 좋고,

숲속 쉼터도 좋고,

마을 놀이터나 공원 벤치도 좋습니다.

아무려면 어떻습니까,

일상에서 벗어나 고요함 속에서 나를 돌아보고,

평화로움에서 오는 지혜를 얻을 수 있는 공간이면

충분하지 않습니까?

그런 공간을 찾았다면

이제 외부로 향해 있던 시선을 내부로 돌리세요.

내 몸의 구석구석을

MRI로 진단하듯 영혼의 레이저로 스캔하세요.

나에게만 집중하면서

속사람이 하는 말에 귀를 기울여보세요.

긴장을 풀고 잠잠하게,

그러나 깊이 생각을 모읍니다.

다른 사람의 욕망에 투사된 허상을 버리고,

내 마음과 내 몸이 원하는 것이 무엇인지,

마음이 나에게 하는 말에 귀를 기울이세요.

일만 하면서 살면 슬픕니다.

시시때때로 내 안의 나와 대화하면서

나를 위한 선물 같은 시간을 마련해야 합니다.

저는 나를 만나기 위해 서점에 자주 갑니다.

서점에 가서

읽고 싶은 책들을 천천히 둘러봅니다.

표지도 보고 제목도 보고 때로 목차를 보며

중간 중간 읽어봅니다.

그 순간, 마음이 고요해집니다.

나에게 영양분이 흡수되는 느낌이 듭니다.

어떤 때에는 일부러 서점 근처에 약속을 잡고

한 시간쯤 미리 도착해 책을 봅니다.

낮게 웅성거리는 소리를 즐기며

잠시 활자가 안내하는 곳으로 여행을 떠납니다.

신기하게도,

순간 이동되는 바로 그곳에서,

저는 '활기찬 강기만'을 만납니다.

몸과 마음이 쉴 때에도 요령이 필요합니다.

무작정 푹 퍼지면 나중에 더 피곤해져요.

일단 충분히 재충전을 하고, 정리하는 시간이 되도록

휴식에 대한 멋진 경험을 쌓아가야 합니다.

사실 우리 모두는 인생살이가 처음이에요.

10대도 20대도 30대도 40대도…

다 처음입니다.

처음 살아보니까

완급조절을 못하는 것은 당연한 일이에요.

누구에게나 처음은 힘들잖아요?

그러니 인생 경험 초보자인 우리가 기댈 수 있는 것은

선배들의 조언입니다.

그들의 경험과 지혜가 갈무리된 책을 도구 삼는 일은

그래서 더욱더 의미가 깊습니다.

묵상默想, meditation도 나를 만나러 가는

좋은 방법 중 하나입니다.

묵상은 소리를 내지 않고 마음속으로 기도하거나

깊이 명상하는 행위입니다.

숙고하고 성찰하는 일이지요.

영어 '메디테이션meditation'은
라틴어 '메디켈루스Medikelus'에서 유래한 단어로
'약medicine'이란 말과 어원이 같습니다.
약이 몸 안으로 들어와 온 몸에 퍼져 약효를 나타내듯,
묵상이란
어떤 한 생각이나 주제가 사람의 내면속마음으로 들어가서
영향을 미치는 것을 말합니다.
서양이나 동양이나 많은 수행자와 수도승들이
이 방법을 통해 깨달음을 얻곤 했는데요.
평범한 우리에게도
묵상은 나를 만나게 해주는 매우 유효한 길입니다.

자신의 감정을 잘 알고 다스리는 사람,
신체적 컨디션과 행동을 잘 조절하는 사람,
자신의 본질에 대하여 보다 객관적으로 고찰하는 사람,
존재를 심층적으로 파악하고 이해하는 사람이 되려면
무엇보다 '자기성찰 지능지수'를 높여야 합니다.

/ 나도 이번 생은 처음이라

어렵지 않습니다.

가끔씩 멈춰서면 됩니다.

제대로 된 방향으로 가고 있는지,

내가 그린 인생의 빅픽처에 맞는 길인지,

잃어버린 조각은 없는지,

함께하는 동반자들은 행복한지,

무엇보다 내 존재의 본질이 훼손되지 않았는지

살펴야 합니다.

적당한 속도로 가면 문제없을 일을

감당하기 버거운 속도로 가다가

문득, 예기치 못한 큰 사고를 당하는 것은

비단 자동차 운전만이 아니겠지요?

God Bless The Child

엘라 피츠제럴드Ella Fitzgerald, 1917~1996와 세라 본Sarah Vaughan, 1924~1990, 그리고 세계 3대 재즈 보컬리스트로 불리는 빌리 홀리데이Billie Holiday, 1915~1959가 부른 곡이다. 빌리 홀리데이는 창녀인 어머니(당시 13세)와 무책임한 아버지(당시 16세)에게서 태어났고, 무능력한 부모가 그녀를 사촌에게 맡기는 바람에 학대를 받으며 성장했다. 자라는 동안 두 번의 성폭행을 당했지만 흑인이었던 빌리 홀리데이를 폭행한 백인은 처벌을 받지 않았고 오히려 빌리만 수감생활을 했다.

출소 후 생계를 위해 나이트클럽 댄서 오디션을 보러 갔다가 떨어지고, 노래나 한번 해보라는 권유로 즉석에서 노래를 불렀는데 현장에 있던 사람의 증언에 의하면 "홀 전체가 숨을 죽이고 있었다. 만약 누가 핀이라도 하나 떨어뜨렸다면 마치 폭탄이 터지는 소리 같았을 정도였다"고 한다. 그만큼 그녀의 목소리엔 호소력이 있었고, 슬픈 생애처럼 애절함이 묻어났다.

극심한 인종차별을 겪었고, 3번이나 이혼을 경험했으며, 마약 중독자가 되어 44세의 젊은 나이로 생을 마감했지만, 한이 깃든 그녀의 목소리는 불우했던 어린 시절의 모든 감성이 뒤섞인 듯하면서도 빠져들 수밖에 없는 마술 같은 매력을 가지고 있다.

QR코드를 스캔하면 빌리 홀리데이의 음성으로 〈God Bless The Child〉를 감상할 수 있습니다.

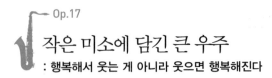

Op.17

작은 미소에 담긴 큰 우주
: 행복해서 웃는 게 아니라 웃으면 행복해진다

내 인생의 키는 내가 쥐고 있습니다.

결정도 내가 하고, 선택도 내가 합니다.

나의 길은 오직 나만 정할 수 있습니다.

설령 방향이 잘못되어

좀 멀리 돌아가게 될지라도

그 나름대로 의미 있는 과정과 경험이 될 것입니다.

물론 '모든 것이 내 책임이다'라고 생각하면

어깨가 무거울 수 있어요.

하지만 책임감이 높아질수록

내 인생의 당당한 주인이 될 수 있음을 기억해야 합니다.

일상에서는 돌발 상황이 자주 일어납니다.

그러나 저는 문제를 만났을 때 크게 당황하지 않습니다.

아무리 큰 문제에 직면해도

일단 느긋하게 긍정적으로 바라봅니다.

어떻게든 여유를 가지고 상황을 단순하게 풀어가려고

노력합니다.

사실 우리의 힘으로는

그 어떤 문제도 말끔하게 해결할 수 없습니다.

걱정한다고 해결되는 것도 없고,

한숨 쉰다고 마땅한 방법이 떠오르는 것도 아니죠.

이럴 때엔 오히려 문제로부터 몇 발 떨어져서

사태를 관망하는 것이 좋습니다.

시간을 두고 찬찬히 살피다 보면

문제에 깊이 빠져 있을 때엔 보지 못했던 것들을

하나둘 보게 됩니다.

비로소 전후좌우 맥락도 파악하게 됩니다.

해결책은 그때부터 천천히 나오는 거고요.

살아가면서 흔히 저지르는 실수가 있습니다.
미래의 행복을 위해 당장의 행복을 포기하는 것이지요.
혹은 행복이 눈앞에 있는데도 알지 못하고
먼 곳에서 행복을 찾는 것입니다.
둘 다 어리석은 일입니다.
삶은 언제나 현재진행형입니다.
완료형이 아니에요.

우리는 선을 행하고자
남을 위해, 공동체와 사회를 위해
자신의 유익을 포기하기도 합니다.

그런데 문제가 있습니다.
이런 종류의 헌신에는 굉장한 대가가 따릅니다.
행복하고 기쁜 마음으로 시작한 일들이
시간이 갈수록 존재를 옥죄기도 하지요.
그러면 사람들은 대개 자괴감을 느끼면서
자질資質을 탓합니다.

저 역시 이런 상황에 놓인 적이 있었고,

주변에서도 이런 상황에 처한 이들을 종종 봅니다.

어떻게 하면 좋으냐고요?

일단, 실천할 수 있는 작은 목표들을 정해서

성취감을 쌓아보세요.

나부터 행복하고

오늘 행복할 수 있는 방법을 찾아보세요.

그다음, 주위를 둘러보세요.

너무 이기적인 거 아니냐고요?

아니에요, 전혀 그렇지 않습니다.

행복을 누릴 줄 아는 사람만이

주변 사람도 행복하게 해줄 수 있습니다.

일상의 터전에서 작은 행복을 느낄 줄 아는 사람만이

큰 행복으로 가는 길,

인류가 지향하는 공동의 선과 공동의 행복으로 가는 길에

기쁜 마음으로 동행할 수 있습니다.

이렇게 훈련이 되면

어떠한 상황에서든

그 안에 감춰진 행복의 씨앗을 찾을 수 있게 됩니다.

가장 중요한 것은

내가 어떨 때 행복한지 아는 것입니다.

타인의 눈에 멋있어 보이지 않아도,

주변 시선이 마뜩치 않아도 내가 행복하다면

과감하게 선택할 수 있어야 합니다.

타인의 행복을 흉내 낼 필요도 없고,

남이 말하는 대로 살 필요도 없습니다.

행복이 성적순이 아닌 것처럼,

남과 비교해서 얻는 행복감은 진짜 행복이 아닙니다.

나를 향한 비난이나 좋지 않은 시선에

지나치게 신경 쓰지 마세요.

다른 사람에게 관심을 두는 사람은

사실 별로 많지 않습니다.

그러니까 괜스레 타인의 생각이나 시선에

민감하게 반응하면서 속을 끓일 필요가 없습니다.

내가 무엇을 하고 싶어 하는지,

내가 무엇을 잘하는지,

내가 어떤 사람인지 가장 잘 아는 사람은

바로 나 자신입니다.

인간은 어느 누구도

자신의 잣대로 타인을 가늠할 수 없습니다.

저마다 품고 있는 씨앗이 다르기에

저마다 싹을 틔우는 과정도

꽃을 피우는 시기도

모두 다릅니다.

당연히 그 열매 또한 다르겠지요.

보잘것없어 보이는 겨자씨 한 알도

정성껏 잘 돌보면

새들이 날아와 깃들 만큼 그늘이 커다란 나무로 자랍니다.

행복해지고 싶다면

먼저 자기 자신과 툭 터놓고 대화해보세요.

누가 뭐라고 하든

내가 옳다고 확신하는 그 길에 들어서려면

자신을 잘 이해해야 하니까요.

작은 일에서 기쁨을 찾아 웃어보세요.

힘들다고 인상을 찡그리면 마음도 찌그러집니다.

이럴 때엔 고개를 들어 하늘을 바라보세요.

흘러가는 구름을 보며,

바람을 맞으며,

이제 막 초록으로 혹은 황갈색으로 변해가는

나뭇잎을 보세요.

자연의 힘을 느껴보세요.

자신의 몸과 정신 상태를 누구보다 잘 아는 것은

바로 본인입니다.

한계치를 알고

스스로를 적절하게 제어해야 하는 순간에

가장 중요한 요소가 바로 웃음입니다.

심각함이 지속되는 상황에서

밝은 에너지를 불어 넣어주는 것도 웃음입니다.

저는 잘 웃는 사람, 자주 웃는 사람을 좋아합니다.

저를 미소 짓게 해주는 사람을 좋아합니다.

늘 심각한 사람은 별로 만나고 싶지 않습니다.

유머가 부족하고,

딱딱하고,

시무적인 성향이 강한 사람을 만나면

내 자신이 덩달아 위축되기 때문입니다.

저는 아름다운 미소를 갖기 위해 많이 노력했습니다.

웃기 힘든 상황일 때에도 마인드컨트롤을 하면서

웃으려고 노력했습니다.

미소가 예쁜 사람을 보면 따라 하고,

혼자 있을 때면 그들의 모습을 떠올리며 미소 지었어요.

"나이 들면 자기 얼굴에 책임을 져야 한다"고 말합니다.

나이 든 사람의 얼굴은 단순한 얼굴이 아닙니다.

그의 이력서이자 자기소개서이며 앨범입니다.

그 세월 동안 이 사람이 어떻게 살아왔는지,

어떤 생각을 하고 살았는지,

어떤 성향을 갖고 있는 사람인지 모두 보여줍니다.

얼굴은 인생을 반사해 보여주는 정직한 거울이지요.

'생긴 대로 산다'는 말이 있는 것처럼

/ 작은 미소에 담긴 큰 우주

우리 모두는 자신의 얼굴에 책임을 져야 합니다.

미소를 하나 가득 담을 수 있어야 합니다.

웃음은 즐겁다는 감정보다 훨씬 원초적입니다.

억지웃음이라고 해도 자꾸 웃다 보면

어느새 웃음이 내재화되어 긍정적인 분위기를 풍깁니다.

이상한 일이지만,

웃으면서 경험한 것에 대해서는

더 긍정적인 평가를 내리게 되더군요.

또 하나 신기한 점이 있습니다.

저는 이제껏

감정이 먼저 일어나서 얼굴 표정을 바꾸게 되는 거라고

여겼는데요.

꼭 그렇진 않았습니다.

표정이 감정을 다스릴 수도 있었어요.

온화한 미소를 지으면 복이 들어오고,

찡그린 얼굴이 화를 부르는 것처럼 말입니다.

예로부터 어른들은

"웃는 문으로 만복이 들어온다"고 말했습니다.

이제 마음가짐을 바꿔야 할 때입니다.

"복이 오면 웃는다. 좋은 일이 있어서 웃는다"가 아니라

"웃어서 복을 부른다.

내 웃음으로 좋은 운명을 만든다"고

말이에요.

여러분도 자주 웃으세요.

문제가 없어서 웃는 게 아닙니다.

내 마음이 평화롭기 위해,

세상이 아무리 요동친다 해도

나의 정신만큼은 평정을 유지하기 위해

오늘도 웃는 것입니다.

사람들이 만나고 싶은 매력적인 나, 시간을 써도 아깝지 않은 나로 먼저 바뀌지 않으면,
나는 결국 늘 누군가를 바라보게만 됩니다.

Heartbreak Hotel

로큰롤의 황제로 불리는 엘비스 프레슬리Elvis Presley, 1935~1977를 스타덤에 올려
놓은 곡 중 하나다. 로큰롤은 흑인들의 음악이었지만 흑인처럼 부르는 백인 가
수 엘비스에 의해 대중화되었다. 개인적으로 엘비스 프레슬리의 곡 중 '하운드
독Hound Dog'을 좋아하지만 '하트브레이크 호텔Heartbreak Hotel'도 들으면 들을수록
빠져드는 곡 중 하나다.

또한 이 노래는 기타를 메고 있는 것만으로도 멋진 엘비스의 모습에, 감미로운
그의 목소리가 흥겨운 리듬 위에서 춤을 추며 소리 지르는 듯한 창법을 구사하
는 로큰롤의 특징을 가감 없이 보여주는 곡이기도 하다.

엘비스 프레슬리는 1986년 로큰롤 명예의 전당Rock And Roll Hall Of Fame, 1998년
컨트리 음악 명예의 전당Country Music Hall Of Fame, 2001년 가스펠 음악 명예의 전
당Gospel Music Hall Of Fame에 헌액獻額되어 로큰롤뿐 아니라 팝, 컨트리, 가스펠 음
악의 발전에도 크게 기여했다.

QR코드를 스캔하면 〈Heartbreak Hotel〉을 엘비스 프레슬리의 기타 연주와 노래로 감
상할 수 있습니다.

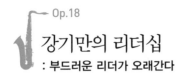

강기만의 리더십
: 부드러운 리더가 오래간다

저는 어렸을 때부터 리더 훈련을 받았습니다.

더 정확하게 말하면 리더로 훈련되었습니다.

초등학교 시절 반장을 맡은 것부터 시작하여

중고등학교를 거쳐 군 생활을 마칠 때까지

끊임없이 리더와 참모 역할을 맡았습니다.

참 이상합니다.

주위에 나보다 뛰어난 친구들이 늘 있었는데도

리더의 몫은 언제나 제게 돌아왔으니까요.

군대에서 장교로 복무할 때였습니다.

소대장 여덟 명 중 거의 막내인 제가

참모로 발탁되었던 적이 있습니다.

일을 썩 잘하는 것은 아니었지만

사람들과 관계가 좋고,

다른 사람들이 강기만을 많이 좋아한다는 이유로요.

사실 저는 업무 능력이 뛰어난 편이 아닙니다.

그러나 친화력만큼은 남부럽지 않아요.

제가 있는 곳엔 항상 웃음이 넘쳤고,

분위기가 좋았습니다.

그룹의 리더 자리를

능력이 가장 출중한 사람에게 맡기는 것은

옳지 않습니다.

'리더=능력자'라는 공식은 허상입니다.

이렇게 되어서도 안 됩니다.

리더는

누구보다 뛰어난 사람이 아니라

분야별 전문가의 의견을 경청할 줄 알고,

각 전문가를 부릴 줄 아는 사람이 맡아야 합니다.

그래야만 출중한 사람들이 흔히 저지르는 과오를

줄일 수 있습니다.

타고난 능력이 월등한 이들은 대개

다른 사람의 말을 무시하고,

본인이 뛰어나다는 우월감에 젖어

본인과 다른 의견을 수용하지 않을뿐더러

종종 고집을 부립니다.

조직의 차원에서 보았을 때엔 별로 도움이 되지 않아요.

저는 분명 조직 내에서 가장 뛰어난 사람이 아니었어요.

그러나 부족함을 알기에

다른 사람을 인정하고 다양한 의견을 수용했습니다.

갈등이 불거지면 어느 한 방향을 고집하지 않고

좀 더 유연하게 상하좌우를 살피며

의견을 조율하고 중재하는 능력을 발휘하려고

많이 노력했습니다.

일종의 '퍼실리테이터促進者, Facilitator' 역할을 한 것입니다.

리더는 위기관리 능력을 갖추어야 합니다.

위기관리 능력은

리더에게 요구되는 거의 모든 자질을 통합한 능력입니다.

이것은 대개 전투와 같은 비상상황을 통해 검증되는데요.

일상에서는 위급한 문제 상황에 직면했을 때

이를 해결해가는 과정을 보면

그 사람의 위기관리 능력을 파악할 수 있습니다.

위기상황에서 신뢰할 만한 리더란

사람을 얻으면서 결단하는 사람,

멀리 내다보는 식견을 갖춘 사람,

의리를 지키는 사람입니다.

더불어 인간 고유의 존엄성을 인정하는 사람,

누구나 평등하게 귀하게 여기는 사람,

개성을 존중하는 사람,

단점보다 상점을 먼저 보는 사람,

군림하기보다 수평적인 관계를 중시하는 사람…

등등의 조건이 포함됩니다.

이런 자질을 겸비한 리더들은 금방 눈에 띕니다.

색소폰랜드엔 5백여 명의 임원이 있습니다.

다들 사회에서 내로라하는 사람들이에요.

전문직에 종사하거나

경영자 그룹에 속하는 분들인데요.

이들을 엮어준 것이 바로 색소폰과 강기만입니다.

그 공통분모가 없었다면 평생 서로 만날 일이 없을,

한마디로 개성 넘치는 분들입니다.

자신의 자리로 돌아가면

스스로가 리더인 분들이라 그런 걸까요?

색소폰랜드에 안정된 시스템이 정착되기까지

저는 매일 전투하는 기분으로 이분들과 의견을 나누고,

때로 대립하고, 화해해야 했습니다.

좋은 점도 있습니다.

복잡하고 다양한 문제를 치열하게 해결해나가면서

저 스스로 진화에 진화를 거듭했으니까요.

돌이켜보면 참 고마운 시간이지만,

그땐 정말 힘들었습니다.

조직을 해체해버릴까 싶은 생각도 들더군요.

색소폰랜드 구성원의 90퍼센트 이상이

저보다 연장자였고,

다들 한자리하는 분들인 만큼

제가 뭐라 할 수 있는 처지가 아니었습니다.

초반에는 오히려 그분들이 저에게

'감 놔라 배 놔라' 하는 상황이 연출되곤 했습니다.

리더들의 리더가 되는 것은

결코 쉬운 일이 아니었습니다.

잠시도 긴장의 끈을 놓을 수가 없었지요.

그때 배운 게 있습니다.

'강한 사람은 강함으로 다스리면 안 된다'는 것입니다.

부드러움만이 강함을 이길 수 있고,

절제된 표현만이 모든 것을 압도할 수 있습니다.

경험에 의하면 그렇습니다.

그러려면 우선 리더의 자리에 있는 사람이

구성원들의 개성과 성격은 물론

사태의 본질을 정확하게 파악할 수 있어야 합니다.

지향하는 바와 목표에 부합하는 시선을 견지해야 합니다.

/ 강기만의 리더십

또한 무엇보다 핵심을 간파할 수 있어야 합니다.

구성원들의 의견을 잘 들어주고,

칭찬과 격려를 아끼지 말아야 하며,

잘못을 지적할 때도 상대방이 이를 통해 뭔가 배우도록

배려해야 합니다.

가장 어리석은 리더는

남의 말을 귀 기울여 듣지 않고,

무시하는 언행을 일삼는 사람입니다.

또한 리더는 인재를 등용할 때 신중해야 합니다.

본인의 기분이나 유익에 따라 인사人事를 처리하는 사람은

리더가 될 수 없습니다.

인사가 곧 만사이며,

인재를 잘못 등용하면 수년간의 노력이

순식간에 물거품이 되기 때문입니다.

저는 사람을 쉽게 버리지 않습니다.

지나치게 맑은 물에는

다양한 생명이 깃들 수 없음을 알기에

간혹 불편한 일이 발생해도 수용합니다.
또한 그 어디에도 완벽한 조직은 없다는 것을 알기에
아량과 배려의 원칙을 고수합니다.

에이스들만 모아 놓는다고 해서 문제가 없을까요?
천만의 말씀입니다.
어느 조직이든 일단 조직이라는 이름으로 모이면
일등이 나오고 꼴등도 나오며,
시쳇말로 '꼴통'처럼 구는 사람도 나오는 법입니다.
그럴 때마다 마음에 들지 않는 사람을 치고 자르면
그 조직은 결코 건강하게 성장할 수 없습니다.
조화의 원칙은 그런 것입니다.

리더는 공존하면서 해결하는 법을 배워야 합니다.
관대함을 잃어버린 리더,
너그러운 마음과 따뜻한 시선을 잃어버린 리더는
큰일을 할 수 없습니다.

또한 리더는 강한 멘탈의 소유자가 되어야 합니다.
정신력이 약한 사람은 리더가 될 수 없어요.

요즘처럼 온라인으로 모든 것을 해결하는 세상에서는
이러한 자질이 특히 중요합니다.
악플을 보아도 나름대로 대응하고 이겨낼 수 있을 만큼
굳건해야 합니다.
사실 나를 힘들게 하는 사람들은 어디에나 있습니다.
없어질 만하면 또 나옵니다.
사람들이 모여 있는 한 문제가 없다는 건
불가능한 일이니까요.

공자孔子는 '사람을 보는 아홉 가지 지혜'를 역설했습니다.
먼 곳에 심부름을 보내 그 충성忠誠을 보고,
가까이 두고 쓰면서 그 공경恭敬을 보고,
번거로운 일을 시켜 그 재능才能을 보고,
뜻밖의 질문을 던져 그 지혜智慧를 보고,
급한 약속을 만들어 그 신용信用을 보고,
재물을 맡겨 그 어짐을 보며,
위급한 일을 알리어 그 절개節槪를 보고,
술에 취하게 하여 절도節度를 보며,
남녀를 섞어 있게 하여 이성에 대한 자세를 보라고
말입니다.

이 모두가

각기 다른 성격의 일을 대하는 사람의 자세,

즉 '애티튜드$_{attitude}$'를 중시해야 한다는

의미입니다.

한 사람의 애티튜드는

평상시에는 별로 드러나지 않을뿐더러

다른 이와 큰 차이를 보이지 않지만,

위급한 상황이나 문제 상황에 닥쳐

함께 머리를 맞대다 보면 저절로 보입니다.

"어려운 여행길을 함께해보면 그 사람을 알 수 있다"고

하지 않습니까?

리더는 또한 한 사람의 성향과 장단점을

통찰력 있게 파악하고,

문제의 핵심을 꿰뚫어볼 수 있어야 합니다.

빠르고 신중하게 결단해야 합니다.

머뭇거리다 타이밍을 놓치면

조직 전체가 그 대가를 톡톡히 치러야 하니까요.

요즘 회자되는 '결정 장애'란 말은

리더에게 가장 경계해야 할 요소입니다.

성급하고 경솔하게 선택하고 결정하는 것도
좋은 태도가 아니지만,
무슨 일이든 일단 뒤로 미루면서
"나중에 생각해볼게" 하는 태도는
리더에겐 최악입니다.
이런 사람은 대개 중요한 결정일수록 미루고 미루다
다른 사람의 의견을 좇곤 하는데요.
그 심리의 기저에는
회피와 게으름이 숨어 있습니다.
결코 리더가 되어서는 안 되는 부류입니다.

여러분은 어떤 리더인가요?
여러분은 어떤 리더가 되고 싶나요?

Georgia On My Mind

블루스와 소울의 거장 레이 찰스 Ray Charles, 1930~2004의 대표곡이다. 선글라스를 끼고 활짝 웃으며 행복한 모습으로 피아노를 연주하면서 흥겹게 노래하는 모습이 떠오르는 레이 찰스. 그는 일곱 살 때 녹내장에 걸려 시각장애인이 된 후 특수학교에서 피아노와 작곡을 공부했다.

레이 찰스의 인생을 다룬 제이미 폭스 주연의 영화 〈레이 Ray〉를 통해 그의 음악 인생도 재조명되었는데, 아들이 혼자 힘으로 살아가기를 바랐던 어머니의 엄격한 교육을 통해 암흑과도 같은 세상에 맞서 당당하게 뮤지션의 삶을 살아가는 스토리가 매우 인상적이다.

2008년 미국의 유명 대중문화 격주간지인 《롤링스톤 Rolling Stone》은 '역사상 가장 위대한 가수 100명 100 Greatest Singers of All Time'에서 레이 찰스의 이름을 2위에 올렸다. 레이 찰스는 색소폰도 연주했는데, 그가 연주하는 장면은 너무도 감동적이다. 장애를 극복하고 무대마저 장악한 뮤지션으로서 음악 자체를 즐기는 모습이란 정말이지 황홀하다!

QR코드를 스캔하면 레이 찰스의 음성으로 〈Georgia On My Mind〉를 감상할 수 있습니다.

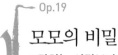

모모의 비밀
: 말하는 사람보다 들어주는 사람이 되어라

여러분, 미하엘 엔데Michael Ende, 1929~1995라는

유명한 독일 작가가 쓴《모모MOMO》를 아시지요?

원래는 '모모'라는 제목 아래

'시간도둑과 사람들에게 빼앗긴 시간을 돌려준 한 아이의

이상한 이야기'라는 제법 긴 부제가 달린 소설입니다.

이야기는 떠돌이 소녀 모모가

폐허가 된 원형극장에 정착하면서 시작됩니다.

모모에게 부모가 없다는 것을 알게 된 마을 사람들은

극장을 고쳐 잘 곳을 만들어주고

먹을 것을 가져다 줍니다.

그런데 이상한 일이 벌어져요.

저마다 모모를 돕겠다고 왔다가

거꾸로 모모한테 도움을 받고 돌아가는 겁니다.

모모만 만나면 사람들은 기분이 좋아졌어요.

엉켰던 문제도 싹 풀렸지요.

모모에게 아주 특별한 비결이 있었기 때문입니다.

바로 다른 사람의 말을 마음으로 잘 들어주는

독특한 재주예요.

사실 모모는 그저 가만히 앉아

따뜻한 마음으로, 진심을 다해,

상대방의 이야기에 귀를 기울였을 뿐입니다.

그러면 말하는 사람 혼자서 이러쿵저러쿵

속마음을 털어놓다가

그 와중에 근본적인 잘못은 무엇인지

착각하고 있었던 게 무엇인지

스스로 깨닫게 되곤 했던 겁니다.

물론 그 외에《모모》에는

마을 사람들의 시간을 약탈하러 나타난 회색신사들과

그들 때문에 점점 시간에 쫓기게 되면서

좋은 품성을 잃어가는 마을 사람들 이야기,

그리고 모모가 호라 박사의 도움을 받아

시간을 되찾아주는 이야기 등이 나옵니다.

실제 이 소설의 주제는

'시간은 삶이고

삶은 우리 마음속에 있다'는 메시지인데요.

제게는 주인공 소녀 모모가 마을 사람들의 이야기를

들어주던 그 장면이 가장 감동적이었습니다.

덕분에 20여 년이 지난 지금까지도 기억하고 있지요.

자기 말을 다 쏟아내기에도 바쁜 세상에서

모모는 하염없이 남의 이야기를 들어줍니다.

특별한 처방을 내리는 것도 아닌데 사람들은

스스로 치유되어 보다 가벼운 마음으로 돌아가지요.

상대방의 이야기를 '온 마음으로 들어준다'는 건

바로 이런 것입니다.

우리는 말을 하지 않고 살 수 없습니다.

좋든 싫든 소통의 수단이니 인정해야 합니다.

그러나 말을 할 때엔 반드시

타인의 상황과 감정을 헤아려야 합니다.

내 기분이나 내 걱정을 앞세운 나머지

상대방에게 상처 주는 말을 뱉어버렸다가

돌이킬 수 없는 상황을 만들 수도 있습니다.

때로 말은 가장 무서운 살인 무기가 되기도 합니다.

요즘 출판시장에 '말'이나 '화법'을 다루는 책들이

쏟아져 나와 독자층을 형성하는 상황 역시

말의 중요성이 다시금 부상했기 때문일 겁니다.

그만큼 우리 사회에는

말 때문에 상처 입은 사람이 많다는 반증이기도 하고요.

살다 보면,

옳은 말만 하는 사람보다

위로의 말을 건네는 사람이 그리울 때도 있습니다.

바른 말만 해주는 사람보다

'뻔히 알면서도' 나의 마음을 먼저 이해해주고

내 편을 들어주는 사람이
더 소중하게 여겨질 때가 있습니다.
인간의 속마음이 그렇습니다.

'나는 따뜻한 말 한마디를 원하면서
다른 사람에게는 지적만 하고 있지 않은지'
한 번쯤 생각해보아야 합니다.
본인은 위로 받기 바라면서 다른 사람에게는
"나니까 해주는 말인데" 하면서
섣부른 충고만 하고 있는 건 아닐까요?

저도 지인에게 이런 이야기를 한 적이 있습니다.
"옳고 그름의 잣대를 드리우지 말고
그냥 내 편이 좀 되어줘. 나도 그렇게 할게."
어쩌면 우리 모두의 마음이 이와 같을 겁니다.
"틀리다",
"잘못됐다",
"저렇게 하면 더 나았을 텐데"…
이런 이야기들은 사실 하나마나 한 것들입니다.

그저 묵묵히 위로하세요.

조용히, 침착하게, 곁을 지켜주세요.

캐묻지 말고 자초지종을 들어주세요.

함께 시간을 보내세요.

진심으로 공감해주세요.

그게 여러분이 할 수 있는 거의 모든 것입니다.

특히 모든 사람이 지적하고 있는 문제에 대해

이야기하는 순간이라면

적어도 나만큼은 들어주는 사람이 되어야 합니다.

가슴으로 이해되지 않는 상황이라 해도

우선 '나는 네 편이다'는 마음을 먼저 전달하세요.

단어 하나라도 따뜻하게 선택하고,

이왕이면 고운 말로 전달하세요.

그러면 결과는 백팔십도 달라집니다.

지혜가 한 번에 얻어지는 게 아닌 것처럼

고운 말습관도 한 번에 이루어지지 않습니다.

입을 열 때마다 의식적으로 노력해야 합니다.

나의 입장 표명에 집중하기보다

상대방의 의중과 마음을 헤아리고,

어떤 경우라도 부드럽게 표현하려고 노력해야 합니다.

물론 힘든 일이지요.

성가신 일입니다.

성질 급한 누군가에겐 힘든 일이 될 수도 있습니다.

그러나 명심하세요.

부드러운 대답이 분노를 몰아냅니다.

따뜻한 말이 누군가의 인생을 바꿉니다.

"말 한 마디로 천 냥 빚을 갚는다"는 속담도

괜히 있는 게 아닙니다.

저는 '대화가 잘 통하는 사람'을 가장 좋아합니다.

취미가 같은 사람, 취향이 비슷한 사람도 좋지만,

그 무엇보다 말이 잘 통하는 사람이 좋습니다.

대화를 나누면서 마음이 편안해지고,

코드가 맞는 것 같다고 느끼는 사람에겐

금세 호감이 생깁니다.

알고 지낸 시간의 길이와 관계없이 친밀감을 느낍니다.

헤어지면 '또 만나고 싶다'는 생각이 절로 듭니다.

대화를 나누고 말을 주고받는 데에는
요령도 필요합니다.
시종일관 대화를 독점하는 것은 지양해야 합니다.
사람들은 누구나 자기 말만 하는 사람보다
내 이야기를 잘 들어주는 사람을 좋아합니다.
너무 빨리 말하는 것도 피해야 할 요소입니다.
적당한 템포를 유지하며 대화에 참여하세요.
음악에서도 마찬가지입니다.
악보를 구성하는 음표들은 내용을 전달하지만
정작 음악을 완성하는 것은 쉼표입니다.
그만큼 '쉬어가는 박자'가 중요합니다.

표현을 잘하는 것도 중요합니다.
상대방의 좋은 점이 보이면 칭찬하고 격려하세요.
저는 다른 연주자의 연주회에 참석하면
박수도 많이 치고,
'엄지 척'도 자주 하고,
곧잘 환호성을 지릅니다.
제가 연주할 때 관중들이 내게 보냈던 반응을
다른 연주자에게 보내는 것인데요.

결국 이런 반응들은 자신에게 돌아오게 됩니다.

칭찬과 격려,

그리고 그 끝에 오는 자존감의 상승에는

돌고 도는 메커니즘이 숨어 있답니다.

대화 시 주의해야 할 점도 있습니다.

말할 때 과장하지 마세요.

한두 번의 과장이나 허풍은 믿어줄 수도 있고,

웃어넘길 수도 있지만,

습관이 되면 정말 곤란합니다.

과장하는 버릇이 생기면

언젠가 상상 속의 나와 현실의 나를 착각하게 되는

심각한 오류를 범하게 됩니다.

또한 아주 작은 부분이라도 거짓말을 하지 마세요.

거짓말은 어느 경우에도 옳지 않습니다.

거짓말을 일삼으면

눈앞에서는 다른 이들의 호감이나 환심을 살지 몰라도

결국 양치기 소년의 신세가 되고 말 것입니다.

아무리 위기상황이라 해도

사실을 부풀리거나 포장하지 마세요.

대화의 가장 중요한 포인트는 진실입니다.

그 핵심에서 벗어나는 순간 관계는 깨지게 마련입니다.

임기응변臨機應變도 한두 번,

매사를 임기응변으로 받아내는 것은 좋지 않습니다.

언뜻 화려한 언변을 가진 사람으로 보이지만,

지속되면 자기 우월주의에 빠질 수 있고

진지하지 못한 사람이라는 인상을 남길 수 있습니다.

말하는 것도 듣는 깃도 자신의 생각을 표현하는

하나의 방법입니다.

둘 다 내가 주체가 되는 행위이지요.

상황에 따른 선택이 다를 뿐입니다.

그러므로 우리는 말하기와 듣기의 건강한 관계를 위해

내가 무엇을 할 수 있을까 생각해야 합니다.

건강한 마음에서 건강한 말이 나오고,

건강한 마음에서 건강한 경청이 나옵니다.

오늘도 '한 그루의 사과나무'를 심고, '별을 노래하는 마음'으로 주어진 길을 걷는 자에게
신(神)은 가장 적절한 때에 '황금기'를 선물합니다.

I say a Little Prayer

열여덟 차례나 그래미상을 수상한 소울의 여왕 아레사 프랭클린Aretha Franklin, 1942~2018이 부른 곡이다. 아레사 프랭클린은 빌보드 R&B 차트에서 정상을 차지한 곡을 최다 보유[20곡]한 가수인데, 세계 최고의 보컬리스트로 꼽히는 휘트니 휴스턴마저도 아레사 프랭클린 다음 차례로 무대에 서는 것을 꺼렸다고 한다. 그만큼 파워풀한 가창력을 소유한 가수다.

아레사 프랭클린의 노래는 어느 것 하나 버릴 게 없다. 모두가 명곡이라 해도 과언이 아닐 정도로 그녀가 손을 대면 명품이 되었고 전설이 되었다. 평범한 곡이라도 그녀의 호흡이 들어가면 모두를 감동하게 만드는 위대한 작품으로 바뀌게 된다. 아레사 프랭클린은 《롤링스톤》에서 선정한 '대중음악 역사상 가장 위대한 가수 100명'에서 1위로 선정되었다.

QR코드를 스캔하면 아레사 프랭클린의 음성으로 〈I say a little prayer〉를 감상할 수 있습니다.

두렵고 떨리는 길에 서라
: 성공은 도전하는 자에게 주어지는 신의 선물이다

저는 시도해보지도 않고 무조건 안 된다고 하는 사람을
신뢰하지 않습니다.
실제로 해보지도 않고 걱정 먼저 하면서
부정적인 분위기를 만드는 것이야말로
가장 '우려할' 일이니까요.

긍정 마인드와 마찬가지로 부정 마인드도
타인에게 빠르게 전파됩니다.
그러므로 습관적으로 사용하는
'어렵다', '안 된다', '모르겠다'와 같은 단어는

피해야 합니다.

티베트 속담 가운데

"걱정한다고 걱정할 일이 없어지면 걱정이 없겠네"라는

말이 있습니다.

아주 명쾌한 표현이지요?

지나친 완벽주의에 빠져 있는 사람은

도전하고 시도하는 것 자체를 두려워합니다.

늘 머뭇거리고 주저해요.

그런 사람들은

본인이 뭔가를 백 퍼센트 완벽하게 해내지 못하면

견디지 못하므로

자신이 없다 싶으면 아예 도전하지 않습니다.

물론 험한 인생길에서

군이 위험 요소를 안고 갈 필요는 없습니다.

그러나 이것저것 시도하면서 가는 길,

이따금 한눈팔면서 걷는 길에는

의외의 즐거움이 숨어 있기도 합니다.

자동차를 운전해서 갈 때 안 보이던 것들이

자전거를 타고 갈 때 보이고,
자전거로 갈 때 못 보았던 것들이
걸어가면 보이는 것과 같은 이치입니다.

시행착오를 거치면서 만나는 장애물들을 극복하다 보면
견고한 시스템도 구축됩니다.
걱정하면서 우려할 시간에 하나둘 시도하면
그 결과로 전투력이 상승하고,
문제를 극복할 수 있는 요령도 생깁니다.

저의 인생도 다양한 시도의 결과물이었어요.
호기심이 이끄는 대로 시도했기에 실패가 많았고
자주 넘어졌습니다.
덕분에 남보다 빨리, 스스로 일어서는 법을 배웠지요.
이런 저를 보고 주변 사람들은
"강교수는 어떻게 살았기에 그 나이에 벌써
성공의 결과물을 그렇게나 많이 쌓았냐?"고 묻곤 합니다.
제 대답은 간단해요.
"시도를 많이 했습니다.
생각하는 데서 그치지 않고

아이디어가 생기면 바로 실행해보았습니다."

저는 성격상 새로운 것을 좋아합니다.

새로운 길을 달려보고,

새 기계를 써보고,

새로 나온 라면을 먹어보고,

새로 나온 어플을 사용해보는 것을 즐깁니다.

어떤 분야에서든,

새로운 것이란 곧 신선한 발상과 칠전팔기七顚八起의 노력,

그리고 열정의 산물이라고 보기 때문입니다.

하지만 무작정 일을 벌이는 것은 아닙니다.

무슨 일이든 시작할 때엔

필요한 정보를 먼저 모읍니다.

그리고 나서 관련 데이터를 엄밀히 분석하고,

여기서 도출된 자료를 정리합니다.

이것을 기반으로

최대한 경우의 수를 따져 시나리오를 만들고

단호하게 첫발을 내딛지요.

모든 아이디어는 바로 메모하고,

실현 가능성을 시도해보고,

녹색등이 켜지면 시간과 능력을 투자합니다.

이렇게 쌓인 경험을 통해 전진하면서 저는

문제를 해결해왔습니다.

주어지는 일상에서 매일 쳇바퀴 돌 듯 생활하면

어려움이 없을 겁니다.

어제와 같은 장소에서,

어제와 비슷한 일을 하고,

지난 달 만났던 사람과 같은 부류의 사람을 만나고,

차이가 별로 없는 하루를 마감하는 것은

거의 모든 사람에게 가능합니다.

안전하고 편합니다.

그러나 뭔가 가슴을 뛰게 하는 사건은

결코 벌어지지 않습니다.

언젠가 CBS 방송의 '세상을 바꾸는 시간 15분'에서

이런 말을 들었습니다.

"만약 어떤 길을 가려는데 그 길 앞에서

두렵고 떨린다면,

용기를 내서 그 길을 가라."

숨겨진 진실을 파고드는 일을 하는

어느 패기만만한 기자의 일성(一聲)이었는데요.

저도 같은 생각입니다.

저는 매일 다르게 살아가려고 노력합니다.

매일 새로운 사람을 만나고,

새로운 장소에서,

어제와 다른 경험을 합니다.

어떻게 가능하냐고요?

제가 온라인으로 관리하는 네트워크에 속한 사람이

모두 8만 명입니다.

그중 색소폰랜드 임원만 5백 명이죠.

사정이 이렇다 보니

새로 일을 벌이거나 사업을 추진할 때

머뭇거릴 틈이 없습니다.

빠른 결정을 통해 신속하게 일을 진행하지 않으면

많은 사안이 표류하게 되거든요.

만에 하나 '상황이 될 때 해야지',
또는 '아무래도 정면승부는 부담스러워.
그냥 에둘러 말하자' 하는 순간
곤란한 상황에 처하거나
리더로서 모든 책임을 감수하게 됩니다.

떠오를 때 바로 실행하지 않으면
미래는 없습니다.
지금 당장 하지 않으면,
할 만한 상황이 찾아와도 못 합니다.
좋은 아이디어가 떠오르면 바로 실천하세요.
좋은 사람을 만나면 오늘 식사 한 끼 같이하세요.
세상에서 가장 믿지 못할 말이
"다음에 밥 한 번 먹자"라는 것, 다 알고 계시죠?
이렇게 말하고 헤어진 누군가와
실제로 밥을 먹었던 기억이 정말 있나요?
'나중에 하자=하지 말자'이기 때문입니다.

누구나 멋진 생각을 떠올릴 수는 있지만
아이디어를 구체화하고

이를 직접 실행에 옮기는 사람은 드뭅니다.

성공하는 사람은 더더욱 드뭅니다.

성공이란 많은 장애를 예측하면서도

용감하게 시도하는 자에게 주어지는 신의 선물이거든요.

사람들은 흔히 실패를

'성공하지 못한 것'이라 생각합니다.

하지만, 실패란 엄밀히 말해

'도전하지 않은' 여러 결과에 불과합니다.

시도하고 도전하지 않으면 아무것도 할 수 없습니다.

도전은 나의 한계를 극복하고,

나를 성장시킬 수 있는 가장 멋진 기회의 통로인데요.

도전의 길에서 요구되는 것이 있습니다.

바로 꾸준함과 성실함입니다.

숨을 고르며 용기백배 하여 서 있는

마라톤 경기의 출발선을 떠올려보세요.

이 순간만큼은 누구나

완주를 꿈꾸며 희망으로 충만합니다.

그러나 고난의 여정을 거쳐 파이널라인에 서는 사람은
몇 사람밖에 없습니다.
같은 길, 같은 시간이 주어졌지만
이후의 방향이 달라지는 것은
그 길에서의 태도와
그 태도를 가능하게 해준 역량이 다르기 때문입니다.

저는 매뉴얼 만드는 것을 좋아합니다.
어떤 일을 할 때 발생할 수 있는 모든 상황에 대비해
상황별 요령을 일목요연하게 정리해둡니다.
혹은 "이럴 땐 이렇게 하고, 저렇게 행동하시고,
이런 식으로 답변하면 됩니다"라는 식으로
반복되는 상황에 대처할 수 있는 방법을
꽤 구체적으로 정리해놓습니다.

시스템화의 첫 단계를 밟는 것인데요.
무엇인가 힘들게 반복해야 하는 상황이 발생하면
저는 이것을 어떻게든 단순화하고
시스템화하고
쉬운 방법으로 처리하기 위해 애씁니다.

그리고 가장 적절한 방법을 찾아내려고 노력합니다.

이런 모습을 알아본 어떤 지인은 제게

색소폰과 조금도 관련이 없는 회사의 CEO를 맡아달라고

제안하기도 했습니다.

예술대학을 졸업하자마자 가장 먼저 한 일이

음악학원을 운영하는 것이었습니다.

그 첫 해에 저는

원생들의 반복되는 질문에 대답할

뭔가 획기적인 방법이 없을까 고민하다가

상황별 문답식 해설서를 출판했습니다.

자주 묻는 질문에 대한 답변을 매뉴얼화한 것입니다.

거주지를 옮긴 뒤에도 비슷한 상황에 처했어요.

서울에서는 학원을 여는 대신 개인 레슨에 집중했는데,

레슨을 할 때마다 역시나 같은 질문이 쏟아졌습니다.

고심 끝에 온라인상에서

동영상으로 교육스쿨KGM ART SCHOOL:www.kgmschool.com을

론칭했어요.

레슨 때마다 반복되는 질문에 대한 답을

/ 두렵고 떨리는 길에 서라

동영상으로 제공한 거죠.
결과는 아주 훌륭했습니다.

생각에 제한을 두지 마세요.
모든 것이 가능하다는 것을 인생의 전제로 두고,
꿈을 펼치기 위한 시도를 멈추지 마세요.
새로운 아이디어는 기존의 것과 충돌하게 마련이고,
낯선 방법은 기존의 것과 경쟁하게 마련입니다.
그러나 포말이 부서지는 파도 없이
잔잔한 바다를 기대할 수는 없습니다.

처음에는 시도하는 나 자신조차 어색할 것입니다.
그러나 도전하면서 생기는 문제점들을 보완하고,
거기서 얻어지는 노하우를 축적하다 보면,
어느새 여러분의 곁에는 성공이 쌓이게 될 것입니다.

머뭇거리지 마세요.
한 발 앞으로 나가세요.
그 순간 여러분은 지금까지와 전혀 다른 인생길을
걷게 될 것입니다.

그저 바라볼 수만 있어도

가수 유익종 씨의 노래다. 강원도 춘천에서 군 생활을 할 때 부대 근처에 색소폰 학원이 있어서 색소폰을 배우기 시작했다. 그때 학원 선생님이 저녁에 라이브 카페에서 '그저 바라볼 수만 있어도'라는 곡을 테너 색소폰으로 연주했는데, 그 모습이 얼마나 멋지던지! 색소폰이라는 악기의 매력에 푹 빠져버린 순간이었다.

중대장의 위치에 있었기에 부대원들에게 들려주고 싶어서 가벼운 마음으로 색소폰을 시작했는데, 이 곡을 듣고서 더 열심히 하고 싶은 욕구가 생겼다. 색소폰 연주자가 된 후에 이 곡을 부른 유익종 씨와 아주 가깝게 지내는 사이가 되었고, 유익종 씨도 색소폰을 취미로 하고 있다.

QR코드를 스캔하면 〈그저 바라볼 수만 있어도〉를 유익종의 노래로 감상할 수 있습니다.

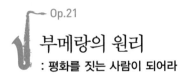

부메랑의 원리
: 평화를 짓는 사람이 되어라

자기주장이 센 사람보다 유연한 사람이 좋습니다.

융통성 있는 자세를 갖추지 못하면

자칫 부담스러운 사람으로 비춰질 수 있어요.

다른 사람의 의견이나 입장을 고려하지 않은 채

자기주장만 내세우거나,

아집에 사로잡힌 사람을 만나면 불편합니다.

자기주장을 꺾지 못하는 배경에는

'다름'을 인정하지 못하는 편협함이 숨어 있습니다.

적당히 표현해도 금방 알아챌 수 있는데

무조건 고집부리면서

자신의 의견을 관철시키려고 애쓰는 사람을 보면

불편함을 넘어 피곤해집니다.

누구나 공감할 수 있는 의견이라면

굳이 얼굴이 빨개지도록 큰 소리를 내지 않아도

상대방이 수긍하게 마련이잖아요?

시간이 지나고 나서

'내가 그때 왜 그렇게까지 고집을 부렸지?' 하면서

후회하는 경우가 종종 있습니다.

사소한 일에 목숨까지 걸 필요가 있었나,

자괴감이 드는 순간이지요.

몇 차례 그런 경험을 한 뒤 저는

'내가 되고 싶은 사람의 모습'을 그려놓고

그 사람이 되기 위해 노력했습니다.

나를 바꾸는 작업을 시작한 겁니다.

저는 피스메이커peace maker로 살고 싶었습니다.

내가 있는 자리가 항상 평화롭고,

나와 함께한 사람에게 늘 미소가 머물고,

내가 있는 자리에서 분쟁이 해결되고,
나와 함께 있으면 웃음과 유머가 넘쳐나기를
기도했어요.

심각한 얼굴로 무언가를 지적하고 강요하기보다는
모든 사람의 마음이 평안해지는 말을 건네는 사람이
되고 싶었습니다.

무례한 행동이나 상대방에게 무안을 주는 말을
삼갈 줄 아는 사람,
예절과 매너를 지키는 나이스한 사람,
윗사람에게 예를 다하는 사람,
나보다 못한 이들을 존중하는 사람,
약자에게 한없이 약하고 강자에게는 똑 부러지는 사람,
그러나 어느 경우에든 인간적인 따뜻함이 배어나는
그런 사람이 되고 싶었습니다.

내가 만나는 사람이 나와 헤어지고 난 뒤
또다시 나를 만나고 싶어 하기를,
나를 만난 사람의 마음이 평화롭기를,

나와 함께 일하는 사람이 어떤 부담감도 느끼지 않기를,
돈과 시간을 써도 아깝지 않은 강기만이 되기를
오랫동안 꿈꿨습니다.

그러면서 깨달았어요.
이 모든 꿈은
내가 먼저 좋은 사람이 되어야 가능해지는
아름다운 그림이라는 것을 말입니다.

'너에게서 나온 것이 너에게로 돌아간다'는 말이 있지요.
마찬가지로 봄에 씨앗을 어떻게 뿌렸느냐에 따라
가을에 수확할 내용이 달라집니다.
겨우내 잠들었던 땅을 잘 섞어주고 웃거름을 뿌린 다음
차분히 기다렸다가 씨를 뿌리면,
2~3주만 지나도
건강하고 사랑스러운 새싹을 볼 수 있습니다.
그러나 성급한 마음에 초벌 작업 없이 씨를 뿌리면
처음엔 비슷한 싹이 나올지 몰라도
곧 큰 차이를 보이게 됩니다.

우리 인생도 이와 같습니다.
모두가 다 하나뿐인 내 인생을 살고 있고,
모두에게 다 처음인 내 인생이지만,
지금의 내 모습은 결국
'그렇게 살아온 나'의 합집합입니다.

대접받고 싶으면 대접해야 합니다.
주변 사람들로부터 다정한 인사를 받고 싶다면
내가 먼저 따뜻하게 인사하세요.
받고 싶은 대로 주고,
듣고 싶은 대로 말하세요.

상대방에 대한 기대치를 최대한 낮추세요.
"이 사람이라면…",
"이런 상황이라면…" 하는 마음을 접으세요.
우리가 상대방의 마음을 미리 짐작하지 못하는 것처럼
그들도 우리 마음을, 우리 사정을,
제대로 짐작하기 어렵습니다.
특히 금전적으로 힘들 때나 사람 관계에서 고달파질 때
친밀감과 비례하는 기대감을 낮추는 것은

매우 중요한 스탠스입니다.

SNS와 메신저로 자신의 감정을 전달할 때는
'절제신공'을 발휘하세요.
순간의 마음 때문에 관계를 해치지 말고
참고 또 참아서,
누르고 또 눌러서,
화를 다스린 다음 고운 언어를 사용하세요.

부드러움을 능가할 강함은 없습니다.
만일 여러분이 마음에 들지 않는다고 해서
욕설을 쓰거나
두 번 다시 보지 않을 사람처럼 대하면
그 기운을 그대로 되맞게 됩니다.
특히 문자로 표현할 때는 말할 때보다
신중에 신중을 기해야 합니다.
눈을 맞추지 않은 상태에서는 서로 표정을 볼 수 없기에
더 조심해야 합니다.
감정 확인이 불가능한 문자는 화를 부르기 쉬우니까요.

부드럽게, 예절 바르게 표현하는 것은
SNS 시대를 살아가는 우리의 매너입니다.
표현을 절제할 자신이 없다면
아예 SNS에 들어가지 마세요.
참지 못하고 일을 만드는 것보다
세상에서 조금 물러나 있는 것이 낫습니다.

만일 SNS상에서 누구보다 신나게 활동 중이라면
나의 표현에 독이 묻어 있지 않은지,
거친 표현이 습관화된 것은 아닌지,
점점 더 무감각해지는 것은 아닌지,
한 번쯤 멈춰 서서 자신을 돌아보세요.

"정말로 딱 한 번뿐이에요",
"그럴 만한 이유가 있었다고요",
혹은 "좀 이해해주라" 하고 말하지 마세요.
공든 탑은 이미 무너진 뒤입니다.
유리처럼 깨지기 쉬운 좋은 이미지에 금을 낸 사람은
바로 여러분 자신입니다.

미움을 버리고 다시 당신의 모습을 돌아보세요.

부메랑의 원리를 아실 겁니다.

흔히 '던지면 다시 돌아온다'는 뜻인데요.

만일 주변에 좋은 사람이 없다면,

따뜻한 말 한마디 해주는 사람이 없다면,

그것은 우리가 그렇게 살았기 때문입니다.

반대로,

내 주위에 믿을 만한 사람이 많거나 좋은 사람이 많다면

그것은 내가 그렇게 살아온 덕분입니다.

우리의 삶은

'뿌린 대로' 거두게 되어 있으니까요.

비교는 남과 하는 것이 아닙니다. 비교의 대상은 언제나 나 자신이어야 합니다.
나는 어제보다 한 뼘 깊어지고 성숙해졌을까요?

색소폰과 폐활량

색소폰 부는 사람들을 보면 제일 먼저 드는 생각이 '얼마나 폐활량이 좋을까' 하는 것이다. 대개 그렇게 생각하고 폐활량을 궁금해한다. 실은 색소폰을 하면 폐활량이 좋아진다. 수영을 오래하다 보면 저절로 잠수 실력이 조금씩 느는 것처럼 색소폰 연습을 오래하다 보면 복식 호흡에 대한 개념도 생기고, 이를 실천하게 되고, 따라서 시간이 지날수록 큰 힘 들이지 않고 음을 길게 연주할 수 있게 된다.

미국에 심폐 기능이 좋지 않아서 의사의 권유로 색소폰을 시작했다가 세계적으로 이름을 날린 데이비드 샌본David Sanborn, 1945~이란 연주자가 있다. 그는 훌륭한 즉흥 연주 실력과 리듬감, 그리고 세련된 비브라토와 멜로디컬한 프레이즈로 대중적인 취향과 음악적인 완성도를 동시에 성취해낸 사람으로 평가된다. 무엇보다 고음역대의 울부짖는 듯한 특유의 톤으로 데뷔와 동시에 재즈 애호가들의 마음을 사로잡았다.

QR코드를 스캔하면 데이비드 샌본의 연주로 〈The Dream〉을 감상할 수 있습니다.

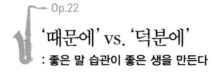

'때문에' vs. '덕분에'
: 좋은 말 습관이 좋은 생을 만든다

여러 형태의 복이 있지만,

정말 중요한 복은 좋은 사람을 만나는 복입니다.

좋은 가족을 만나고,

좋은 친구를 만나고,

훌륭한 멘토를 만나는 것은

우리가 누릴 수 있는 가장 큰 축복이에요.

이런 복을 누리려면

기운이 좋은 사람을 만나야 합니다.

요즘 말로 오라aura가 좋은 사람을 만나야 해요.

그래야 좋은 에너지를 받을 수 있습니다.

좋은 사람을 만나고,
좋은 인연을 선택하는 것은 본인의 능력입니다.
인간관계는 더더욱 본인의 노력 여하에 따라
그 결과가 달라집니다.

좋은 에너지를 부르고,
좋은 인연을 지어가는 데 도움이 되는 팁을
알려드릴게요.
'덕분에'라는 단어를 자주 사용하는 것입니다.

요즘 사람들의 언어 습관을 보면
대개 아무 말에나 혹은 아무 맥락에나
'때문에'라는 말을 남용하던데요.
매우 좋지 않은 습관입니다.
'때문에'는 '어떤 일의 원인이나 까닭'을 의미하는
인과관계를 나타내는 표현으로
주로 핑계를 대는 데 많이 쓰입니다.
그러다 보면 크든 작든 원망하는 마음이 생기지요.

반대로 '덕분에'는

'베풀어준 은혜나 도움'을 의미하기에

아무래도 좋은 기운이 흘러듭니다.

그러니 '다르다'와 '틀리다'를 구별해서 사용하는 것처럼

'덕분에'와 '때문에'도 잘 구별해서 사용하면 좋겠습니다.

제 인생은 '덕분에'에 의해 변했습니다.

하느님을 믿는 신앙심 덕분에

삶의 목적과 행동의 기준이 생겼고,

아내 덕분에

가족의 소중함과 책임감을 알게 되었으며,

색소폰 덕분에

좋은 사람들을 많이 알게 되었습니다.

군대에서 장교생활을 한 덕분에

인내와 체력, 내면의 성숙을 다지게 되었고,

행정력과 결단력을 향상시켰으며,

무슨 일이든 도전하는 법을 배울 수 있었습니다.

TV를 보면서 멘트 치는 연습을 한 덕분에

색소폰 방송의 MC로서

대본 없이 생방송을 진행할 수 있었습니다.

목소리 콤플렉스를 극복하고자

사극을 보며 대사를 연습하고,

뉴스를 보면서 아나운서 말투를 따라 한 덕분에

나의 목소리와 화법은 신뢰감을 주게 되었습니다.

미소 짓기를 연습한 덕분에

이제는 저도 '미소가 아름답다'는 이야기를 듣습니다.

잔병치레가 많아 병원에 자주 들락거린 덕분에

갑작스럽게 큰 병에 걸릴 확률이 낮아졌습니다.

건강한 체질이 아님을 인지한 덕분에

끊임없이 운동하고 식이요법을 하면서

몸을 관리하게 되었습니다.

부유하지 않은 집안에서 태어난 덕분에

매일 성실하게 살았고, 돈의 소중함도 알게 되었습니다.

제어할 수 없는 부富는 복이 아님을 깨달은 덕분에

지금 현재의 상황에 만족하며 감사하게 살고 있습니다.

"누구 때문에",

"이 사건 때문에" 하면서

불평하고 의심하고 분노하는 대신

"그 사람 덕분에",

"회사 덕분에",

"우리 가족 덕분에" 하고 말하는 순간

우리의 마음속에는 좋은 씨앗이 뿌려집니다.

비록 시간이 좀 걸릴지라도

좋은 싹이 돋아나 좋은 열매를 맺게 될 것입니다.

인생을 살다 보면,

하나를 얻기 위해 열 가지를 포기해야 하는 순간도

찾아오게 마련입니다.

아니, 백 가지를 포기해야 할 때도 있습니다.

이럴 때 단 한 가지만 생각하세요.

엄청난 부를 소유해도 건강을 잃으면 의미가 없어지듯,

아무리 번듯하고 멋진 삶을 살아간다 해도

마음에 감사가 없다면

그 생은 초라한 것으로 전락한다는 것을요.

작은 말 습관 하나로

좋은 에너지를 모으고,

감사를 부르는 삶,

'덕분에'와 함께 시작해볼까요?

지금 나의 모습은 과거의 내가 상상하고 바랐던 것이고,
나의 미래는 지금 내가 상상하고 바라는 그 모습이 될 것입니다.

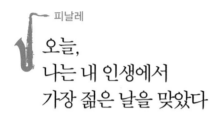

오늘, 나는 내 인생에서 가장 젊은 날을 맞았다

이 책을 쓰면서 몇 번이나 망설였습니다.
쓸까, 말까, 다음 달에 시작할까,
아직 시기가 아닌 것 같은데… 하면서요.
머릿속이 복잡했지만 결국 저는 마음을 다지고
글을 쓰기 시작했습니다.
바쁘다는 핑계로 차일피일 미루는 게 싫어서
마음먹은 순간 책을 쓰기 시작했고,
정확히 석 달 만에 완성했습니다.

저는 망설이고 주저하기보다 일단 시도합니다.

시행착오로 인해 불편함이 따른다 해도

크게 개의치 않습니다.

행동하면서 방법을 찾아도

인생의 전체 속도에 큰 지장이 없다는 것,

실제로 진행하면서 알게 되는 것들이 더 많다는 점,

직접 부딪혔을 때 깨닫고 터득한 것들이

결국 내 삶의 자산이 된다는 것을 알기 때문입니다.

한편으로 저는

늦었다고 생각해서 시작조차 못해본 일도 적지 않기에

가급적 생각과 행동을 일치시키려고 노력합니다.

해보지도 않고 후회하는 것보다

시도해보면서

내게 부족한 게 무엇인지,

보완해야 할 사항은 어떤 것들인지,

처리가 미숙했던 부분은 무엇인지 복기復碁합니다.

아기들이 걸음마를 배울 때 넘어지고 또 넘어지면서도

다시 일어서 한 발 한 발 떼는 것처럼,

아무것도 하지 않고 기다리는 것보다는

도전하며 살고 싶습니다.

인생의 빅픽처를 완성하기 위해

저는 작은 것부터 실천하기 시작했습니다.

직업군인이었던 30세에 색소폰을 시작한 것,

잘나가던 실용음악학원과 색소폰학원을 모두 접고

아무 연고 없는 서울로 올라온 것,

색소폰은 온라인으로 배울 수 없다는 편견을 깨고

색소폰 교육 채널을 만들어 히트시킨 것,

학원을 운영하거나 밤에 라이브를 하지 않고서는

먹고살 수 없다는 편견을 깨고

나만의 방식으로 승부한 것,

악보만 보여주던 색소폰 책에 해설을 달아

전혀 새로운 색소폰 해설집을 출판한 것,

시드니 오페라하우스에서

아마추어 연주자들과 함께 무대에 선 것…

이 일들이 모두 큰 꿈을 이루기 위해

현실에서 노력했던 작은 시도들이었습니다.

고등학교 1학년 때였습니다.

밴드부에 들어가겠다고 했더니

담임선생님이 아이들 다 보는 앞에서 뺨을 치셨어요.

맞고 혼나면서 결국 밴드부를 포기하고 말았는데요.

'소망이 깊으면 이루어진다'는 말은 진리인 것 같습니다.

고등학교 때 이루지 못한 꿈을,

기어이,

군 제대 무렵인 30세에 중대장이 되어

색소폰과 함께 이루었으니 말입니다.

늦게 시작했기에 남보다 더 열심히 했고,

그 덕에 일반 연주자들과 확연히 다른 결과물을

낼 수 있었지요.

정말 감사한 일입니다.

돌아보면 감사할 일이 가장 많습니다.

나를 힘들게 했던 사람을 만난 것도 감사하고,

힘겹게 극복했던 고난의 시간도 감사합니다.

그 경험을 통해 저는

스스로를 단련시키고 변화하게 되었으니까요.

남들이 "안 될 거야"라면서 고개를 저을 때

과감하게 행동했던 철없는 시간도 감사합니다.

자주 넘어지고 많이 다쳤지만,

덕분에 음악인으로서 인간으로서

이만큼 성장하게 되었습니다.

제 인생은 크고 작은 도전의 연속이었고,
그 가운데 자유롭고 정의로운 삶을 꿈꾸며
당당하게 살려고 노력했어요.
남의 잘못된 행동을 지적하기보다
나 자신에게 엄격한 사람이 되고자 애썼고,
낭만이 있고 멋스럽게 살기 위해
머리보다는 가슴이 시키는 일에 정성을 기울였습니다.
남들이 내게 기대하고 원하는 인생이 아니라
'강기만의 인생'을 살기 위해 노력했습니다.

이제 인생의 한 시즌을 마무리한 것 같습니다.
저는 앞으로 생명이 있는 모든 것을 사랑하며,
온유한 마음으로 감사하며,
나에게 주어진 길을 충실히 걸어가려 합니다.
저의 삶은 여전히 진행형인 만큼
다양한 시도와 엉뚱한 상상은 계속될 것입니다.
어느 교차로에 서 있든
저는 또 가슴 뛰는 쪽을 택하게 될 테고요.

두 시간 동안 강기만과 함께해주신 여러분,
정말 감사합니다.
오늘 여러분과 나눈 이 마음 연주가
여러분이 떠난 인생길 위에,
여러분이 그리는 미래의 꿈 위에
멋진 팡파르fanfare로 울려 퍼졌으면 좋겠습니다.

돌아가시는 걸음걸음마다
감사와 축복이 넘치길 기원합니다.
고맙습니다.

/ 오늘, 나는 내 인생에서 가장 젊은 날을 맞았다